CUENTOS DE UN CHUSCO LAJEÑO

Volumen 1

RAMÓN ALAMEDA MERCADO
EDITORIAL AKELARRE
2017

Cuentos de un chusco lajeño

Primera Edición
abril 2017

Editorial Akelarre
Lajas, Puerto Rico
editorialakelarre.blogspot.com
editorialakelarre@gmail.com

Ilustraciones sometidas por el autor

Ilustración de portada: Foto del hogar del autor, 2016.

ISBN: 1544965133
ISBN-13:   978-1544965130

DEDICATORIA

A mis hijos

Orlando
Delia
Ramón André
Mara

A mis nietos

Amarillis
Andrés Bayoán
Isabela Xochitl
Angelina Inés
Armando Luis
Amelia Sofía
Ramón André
Antonio Miguel
Maximus Christian

PRÓLOGO

CUENTOS DE UN CHUSCO LAJEÑO, UN VIAJE POR LA PROSA DE RAMÓN ALAMEDA

Cuentos de un chusco lajeño, Volumen I, es la nueva publicación que concibe el genial cuentista y poeta Ramón Alameda. El autor demuestra una vez más dominio pleno del vernáculo, su profundo conocimiento de la psiquis humana y la gran profundidad de sus emociones.

El libro es un compendio de treinta cuentos y veintiséis microrelatos donde la palabra fluye mágicamente del tintero de Alameda. Las imágenes son poderosas y los actos creíbles. Cada narración oculta sigilosa un deseo solapado del autor, sea este real o fantasioso.

La temática de los "ramoneos", como hemos bautizado los cuentos de Alameda, gira entorno a los grandes cuestionamientos de la existencia misma: la vida, la muerte, los valores ético-morales y la templanza. Los cuentos están henchidos de moralejas, que nos hacen cuestionar nuestras acciones. El autor maneja magistralmente los entuertos de la existencia que conducen al ser humano a su glorificación o a la perdición.

Los relatos son emotivos, sin caer en la novelesca, pero los hechos narrados harían la tarde de muchas amas de casa consagradas a los culebrones televisivos. Las narraciones son tan reales que los hechos podrían ser verídicos.

El autor utiliza su entorno, Lajas, como escenario principal para la narrativa. Empero juega con el espacio y el tiempo citando otros pueblos del país, proyectándose a los Estados Unidos y recreando eventos sangrientos de la Guerra de Vietnam para enriquecer la lectura.

Alameda conoce el cuento y domina sus técnicas. El ritmo de la narrativa es grácil. Vamos desde una introducción que nos compenetra en la problemática hasta alcanzar un nudo para sumergirnos en un desenlace que nos deja con deseos de indagar más...

El amor, la infidelidad y la muerte aparentan ser los temas favoritos del autor. Destacan en cuentos como *El muerto vivo, Cazador Cazado, Eternamente Juntos, Cuchuco, El milagro de Salomé*, entre otros. La infidelidad siempre está acompañada por la tragedia, la muerte o la humillación del hombre. La honestidad fascina a Alameda, tanto desde el punto de vista positivo como del negativo, así lo proyecta en la *Recompensa* donde dos hermanas se debaten entre quedarse o devolver un maletín con un millón de dólares.

La temática de la iglesia, el robo, la violación, la hipocresía, la traición y la falta de compromiso en las organizaciones despuntan en los microrelatos. En esta sección Alameda profundiza en la relación intrínseca que existe entre el individuo y la sociedad. Los "microramoneos" son un desfile por la vida diaria, cosas de barrio, sin olvidarnos del gran tema de Alameda, la muerte.

Alameda impregna a cada narración con vida propia. Las temáticas despuntan a lo largo y ancho del compendio literario, pero cada cuento es un mundo, con tramas, personajes únicos y desenlaces inesperados como lo hace en el cuento *Siempre regresan*.

Ramón escribe para todos. Juega con el léxico y las imágenes del lenguaje. La prosa es una extensión de su verso. Los cuentos vibran con ritmo caribeño, danzan en sala de alta alcurnia, huelen a cotilleo de barrio y degustan a néctar de los dioses.

El poder de la palabra de Alameda no debe sorprendernos. El escritor lajeño ha conquistado preseas en prosa y verso en su natal Lajas y en la República Dominicana. El cuento *Cazador cazado* obtuvo el Segundo Premio en los Juegos Florales celebrado por el Centro Cultural Anastasio Ruiz Irizarry en el 2012. En ese mismo certamen obtuvo el Primer Premio en Poesía. En el año 2014 obtuvo el Primer Premio con el microrelato "*Traición*" en la República Dominicana. En el 2016 obtuvo el Primer Premio en Poesía y el Primer Premio con el cuento *Tarde lluviosa*, nuevamente en Los Juegos Florales del Centro Cultural de Lajas celebrados en memoria de la gestora cultural y educadora Sarita Sepúlveda.

Los "ramoneos" son una delicia literaria que aprisiona tu gnosis y encadena tu espíritu obligándote a continuar la lectura hasta la última narración. Nunca quedas saciado ante la mágica prosa. Es más, ya me pregunto que más oculta Alameda en su tintero.

Félix M. Cruz Jusino

AGRADECIMIENTOS

Quiero agradecer con sentir sincero la labor de mi querida hermana, la Dra. Milagros Alameda Mercado, quien dedicó gran parte de su tiempo y conocimiento en la corrección de estos cuentos, y asesoraría de los mismos, minimizando a un máximo posible cualquier error involuntario. A la Dra. y gran amiga María de los Milagros Pérez, quien dedicó parte de su valioso tiempo en la preparación de este trabajo. También reconozco la dedicación y entusiasmo de mi gran amigo el Dr. Feliz M. Cruz Jusino, quien se tomó la responsabilidad de escribir –muy bien ejecutado, por cierto- el prólogo de esta obra. Al Dr. Pablo Luis Crespo Vargas, mi editor, quien se hizo cargo de los detalles finales haciendo posible la realización de este mi segundo libro. Y a todos aquellos que de una forma u otra me ayudaron a sacar a la luz pública estos cuentos de un chusco lajeño. Sin la valiosa ayuda de todos ustedes este trabajo no hubiese sido posible. Para ustedes un caluroso abrazo y mis más sinceras GRACIAS.

Ramón Alameda
10 de marzo de 2017

EL MUERTO VIVO

¡Ya está en paz, lo de la muerte, amigo!
Miguel de Unamuno

Le estaba echando las últimas palas de tierra encima: los demás dolientes se habían retirado. Un silencio sacrosanto permeaba en el cementerio, cuando escuché una voz que dijo: -¡Sinforoso, no te vayas! Miré a todos lados, pero no vi a nadie. La voz volvió a llamarme. Entonces sentí un espeluznante escalofrío, que me bajó desde la nuca, por toda la espina dorsal. Mis dientes castañeteaban y un sudor frío empapaba mi cuerpo. Traté de salir corriendo, pero mis funciones motoras no respondían. Desde el fondo de la fosa que yo cubría de tierra, la voz me dijo: escucha, Sinforoso, soy yo, Jacarando, tu amigo

Allí fue que me fui en blanco y quedé en babias. Entonces pude observar que la tierra de aquella tumba comenzó a moverse, hasta que una mano emergió, luego la otra y por fin un cuerpo salió del sepulcro y caminó hacia mí. Los ojos se me pusieron blancos, perdí el ritmo de la respiración y el control de mis funciones vitales. Sentí que la mano yerta de quien me llamaba se posó en mi hombro. Su putrefacto aliento me paralizó.

-¡No te asustes!, me dijo, que yo estoy vivo.

-¿Pero cómo puedes estar vivo?- Le dije-, si te hicieron la autopsia, te sacaron todo lo que tenías adentro y te llenaron de algodón. Además, te velamos por tres días y hoy te enterramos.

-Es que me estoy haciendo el muerto, para sorprender a mi mujer, que tiene un amante. Esta noche, cuando el amante vaya a visitarla, yo los sorprendo. Así averiguo quien es él, y te juro que los mato a ambos. Porque la infidelidad se paga con la muerte. Tú sabes que yo tengo razón, porque tú en mi caso harías lo mismo, los matarías como a perros.

Sus palabras me asustaron todavía más, me pararon los pelos, y yo sabía que decía la verdad. Ese colorao de pelo ensortijao, fuerte como un toro, agresivo como un león, jamás rehuyó una pelea. Sus disputas siempre las resolvió a golpes. Cuando hacía un juramento, siempre lo cumplía, aunque le fuera la vida en ello. Muchos lo respetaban, otros le temían.

Mientras me hablaba le salían chispas por los ojos.

-No puede ser, amigo Jacarando, tú estás muerto, si hasta tienes gusanos saliéndote por la nariz.

-¡No, hombre, no! Eso son lombrices que tengo desde que era nene.

-Tú ya eres difunto, volví a insistirle, y te lo voy a comprobar.

Entonces extraje mi arma de fuego, me di un disparo en el pecho y me maté. Como en ese momento yo también estaba muerto, me sentí de tú a tú con él. Lo agarré por la solapa del gabán y le dije…

-¡Mira jabao pendejo! Voy a confirmar tu muerte, así que espérame aquí que vuelvo rápido. Empecé a dar vueltas, hasta que formé un torbellino y comencé a subir y a subir. Mientras me alejaba le grité: -¡Méteme el dedo en el roto, para que no se me salga la sangreeee!

No sé si me escuchó. Seguí dando tumbos y cabriolas dentro del torbellino hasta que llegué a una bifurcación donde había un rótulo que decía: -Hermano, escoja su camino.- Me fui por el de la izquierda pues se veía más agradable, estaba cubierto de flores olorosas, con fuentes de aguas cristalinas, buena sombra, y el trinar del turpial y el ruiseñor, eran un ensueño. La suave brisa me traía los acordes de un maravilloso violín entonando una melodía de bienvenida. Arribé a una puerta donde me atendió un viejito viejísimo, viejísimo, más viejo que Matusalén, que dijo llamarse San Pedro. Cuando le di mi nombre, buscó en su libreta y me dijo que yo no estaba en la lista, que me tocaba en el otro lado.

-Pero yo no quiero entrar,- le dije -Solo quiero saber si Jacarando González está aquí.- El viejito viejísimo, volvió a mirar en la lista de los recién llegados, y me dijo que mi amigo tampoco estaba, que fuera a buscarlo al otro sitio. El lugar me pareció tan agradable, que por un momento pensé en quedarme. Pero yo no pertenecía a ese lugar. Además, tenía el compromiso con Jacarando.

Regresé al camino hasta la bifurcación y viré a la derecha. Comencé a caminar por una umbría senda y a medida que avanzaba, sentía un calorcito que me hizo quitar la camisa. Un múcaro, bañado en llanto, entonaba una melancólica nota. Llantos, quejas y alaridos de ultratumba se escuchaban cada vez con más intensidad. Los lobos aullaban sus penas y un horrible olor a azufre invadía el ambiente. Con mucho temor continué. Llegué a un portón prendido en llamas y cuando miré hacia adentro vi un callejón de humeantes brazas listas para un buen asado. Cuando intenté alejarme sentí que cuatro brazos me agarraron y me lanzaron por encima del portón. Caí sobre aquellos tizones encendidos que no tuve más remedio que correr. Gatos ardiendo en llamas, caballos sin cabeza y perros arrastrándose como culebras cruzaron frente a mí.

Al fin llegué a una puerta que decía: "Aquí es" allí me atendió un tipo con cabeza de cabra y cuernos de buey, que sostenía en sus manos un tridente al rojo vivo. Con voz grave me invitó a pasar, pero yo rehusé hacerlo. Entonces me enseñó la lista donde estaba mi nombre. Aun así, no quise entrar. Dando saltitos para no achicharrarme la planta de los pies, ya que las tenía como perro al pincho, le pregunté por Jacarando González. Miró su lista de recién llegados, pero no lo tenía anotado.

-Pero si hace tres días que se murió, le dije.

-Pues es que no quiere llegar y hay que ir a buscarlo, me contestó con su horrible voz de trueno.

De pronto aparecieron dos esperpentos con sus tridentes encendidos. Parecían tan hambrientos que pensé que me iban a cocinar al pincho y arranqué a correr. Iba tan ligero que me chocaban los talones en las nalgas. Con la velocidad que llevaba mis perseguidores no podían alcanzarme. Así que me tiraban tizones encendidos y al reventarlos contra mi espalda, el cuero me chirriaba. Me aburaron el lomo. Me dejaron el pellejo rostizado como en una barbacoa. Brujas volaban a mi alrededor a escobazos conmigo.

Tan pronto arribé a la bifurcación, salté de pecho por el boquete de una nube, y me fui de picada en un vacío hasta que caí sembrado de cabeza en la tumba de Jacarando. De un salto entré en mi cuerpo. Le di hacia atrás a las manecillas de mi reloj hasta llevarlo a un minuto antes de dispararme. Así recobré mi vida. Es entonces que me doy cuenta, que el tipito me tenía el anular metido donde no era, porque por el roto de la bala yo seguía sangrando; -¡Que bruto!- Indignado, ofendido por la equivocación, le

exigí que inmediatamente lo sacara. Lo extrajo lentamente, como para martirizarme. Con una sonrisa burlona se lo pasó por la nariz, me miró, y socarronamente me dijo;
- ¡Huele a cobre!

Lleno de rabia, enojado, le dije: -¡Mira, violador de hombres, tú estás muerto y estás en la lista de los que van para el infierno!- Así que prepárate, que allí te están esperando! Él, asustado, trató de incorporarse.

En eso vinieron dos demoniacas figuras botando humo por los ojos y babas calientes por boca y nariz. Agarraron al pobre Jacarando, lo exprimieron como a un mapo viejo, le extrajeron el alma y la echaron en una cajita prendida en llamas que olía a pelo quemado. A pisotones le sembraron el cuerpo hecho un bagazo en la tumba. Desde la cajita, Jacarando me gritaba: -¡Sinforoso, coño ayúdame, no dejes que estos cabrones me lleven!

Pero, ¿cómo lo podía ayudar? Con esos dos monstruos con colmillos de jabalí y colas en punta de flechas tirando chispas a diestra y siniestra, amenazándome con ganas de engancharme. Como no pude hacer nada por él, me gritó:
-¡Cobarde, so cabrón! Cuando llegues al infierno yo te las cobro.

El caso es que yo sé que cuando me muera, también voy para el infierno. Ya me vi en la lista. Ojalá y nunca mi amigo llegue a enterarse de que el amante de la viuda soy yo.

EL MILAGRO DE SALOMÉ

En ciertas cosas, más vale ser engañado que desconfiar.

Séneca.

Esa tarde, Sandalio plácidamente caminaba por la parte posterior de su casa, cuando escuchó la voz del capataz decirle a Salomé que a las nueve del día siguiente vendría por ella. Sin ser visto aún, se detuvo antes de la esquina. En eso oyó que el hombre se despidió. Aquellas palabras fueron como un martillazo en su cabeza. Su mente pensó lo peor. Él sabía que su Salomé iba con frecuencia a diferentes hogares de la vecindad, a santiguar niños, a ayudar enfermos, y siempre estaba disponible cuando alguien solicitaba sus servicios de hada madrina. Pero por la mente de Sandalio, en ese momento, lo único que brilló fue deslealtad por parte de ella. Creía sentir su honor mancillado. Era imposible creer que su muñeca de ébano le fuera infiel. Eso podía pasar en otros matrimonios, pero no en el suyo, donde el cariño y la comunicación eran su diario vivir. Pensó que había oído mal, que no era cierto lo que creyó haber escuchado. Pero el gusano de la duda ya comenzaba a taladrar su pensamiento, y no tuvo el valor de preguntarle. Fue más fuerte el sentimiento del despecho. Y un hombre atacado por semejante duda, es como un animal acorralado. Tiembla de coraje, la sangre le hierve en las venas, se le turba la mente y pierde el sentido de la razón.

Haciendo acopio de valor y tratando de no perder el control, se retiró sumido en un mar de angustias. Esa tarde, sentado sobre la piedra grande, acompañado del trinar de la reinita y el gorjear de la torcaz, miraba hacia el horizonte, donde su vista chocaba con el Monte del Orégano y se expandía por toda Sierra Bermeja. Con lágrimas en sus ojos pensaba.

Recordó la primera vez que la vio. Fue en el baquiné del niño Santiago. Qué hermosas se veían aquellas caderas anchas, sus senos voluptuosos y aquellos ojos de azabache. Y aquel cabello negro que lanzaba destellos de emoción al compás de sus movimientos. Ella cantaba, se reía y bailaba alrededor de la mesa que servía de féretro. Aquella carita inerte, de ángel, parecía que sonreía ante la magia hechizante de ella. De aquella noche en adelante, Sandalio jamás pudo dejar de pensar en ella. En sus sueños, veía aquellos ojos grandes y negros, llenos de vida reflejando destellos de luz relampagueante que bailaban al compás de la llama del quinqué. El recuerdo de ella lo seguía a todas partes, sin que él pudiera evitarlo.

La segunda vez que se vieron fue en la fiesta del acabe del café. La victrola entonaba los acordes de las danzas de Juan Morel y él se extasiaba con el ritmo del frágil cuerpo de ella en movimiento. Bailaron toda la noche. Al terminar la fiesta, él estaba locamente enamorado. Sabía que ella sería su compañera, lo adivinaba en cada paso, en cada sonrisa, en cada mirada. El amor que ya sentía le hacía pensar que ella también lo amaba.

Unidos por el más hermoso de los sentimientos, por el impulso que quita la razón, pero da felicidad, par de meses después se casaron.

Hacía ya diez años que gozaban de su feliz unión, de aquel éxtasis de amor que solo sienten las almas puras verdaderamente enamoradas. Nada empañaba su matrimonio. No tenían hijos, pero la casa siempre estaba llena de niños por el amor y el cariño que ella les demostraba. Pero

17

esa tarde, sí, esa tarde que nunca debió llegar, el destino parecía jugarle una trastada.

A la mañana siguiente, poco antes de las nueve, Sandalio se dirigió a la casa del capataz. Tenía que confirmar sus sospechas, para luego, como un verdadero hombre, tomar una determinación. Se agazapó detrás de los arbustos, como ladrón al acecho, hasta que el capataz se montó en la camioneta y se alejó. Sandalio se trepó en lo alto de la palma que había en el patio. Desde allí se divisaba su casa y vería si ella se iba con él. Cuando logró sentarse en la cresta de la palma, ya ellos venían de regreso.

A él no le dio tiempo de bajar. Inmediatamente que llegaron, el capataz tomó a Salomé de la mano y corrieron al interior de la casa. La angustia de Sandalio le destrozaba el alma. La mujer a quien amaba más cada día daba la impresión de ser infiel. Aquella mulata de ébano pulido y sonrisa contagiosa, que los niños llamaban su hada madrina, parecía que caminaba en pecado. En el tenebroso pecado que suele destruir un corazón puro, enamorado.

De pronto y para aumentar la agonía del marido, se escucharon voces y quejidos en el cuarto. Sandalio, en su desesperación, desprendió un coco del racimo y lo lanzó contra el techo de zinc. El impacto no produjo reacción alguna. Desprendió otro y otro y los arrojó nuevamente. Entonces la puerta de la parte posterior se abrió y apareció el capataz, buscando en los alrededores y disparando al aire, con la idea asustar al intruso. Seis detonaciones se escucharon. En el cuarto Salomé, con su corazón de santa, continuaba orando y santiguando a la niña Encarnación, la hijita del capataz, tratando de devolverle la vida que, por misteriosas razones, parecía abandonarla.

Un súbito estremecimiento sacudió a Salomé, quien sostenía a la niña en sus brazos. Sintió como una nueva vida le atravesó su cuerpo, depositándose en el alma de la moribunda niña. La chiquilla, ante el impacto recibido, abrió los ojos y en un abrazo celestial se apretó a Salomé. Cuando el capataz entró, su tierna hijita, sonriente y llena de vida, saltó a sus brazos. Un rayo de ternura y felicidad inundó la habitación esa mañana. La mulata Salomé, la muñeca de ébano de Sandalio, el hada madrina de los niños, por obra y gracia de la naturaleza, había realizado otro de sus hermosos milagros.

En el patio, impactado por una bala perdida, un cuerpo sin vida cayó desde lo alto.

TARDE LLUVIOSA

La traición y el crimen siempre han marchado
en compañía, como dos diablos uncidos al
mismo yugo por el mismo designio.

William Shakespeare

Para Casimira, la vida seguía perdiendo sentido, su matrimonio estaba perdido. Los muchos intentos por salvarlo no habían dado resultado. Él no quería escuchar ni entender. Tanto maltrato y humillación por parte de su marido, tenían que terminar. Casimira decidió cambiar su estrategia, sabía que debía enfrentarlo y acabar de una vez con el abuso a que era sometida constantemente. Y esa tarde se armó de valor y lo confrontó. Se le enfrentó con el coraje que produce el desprecio. Con la furia de su alma herida. Ausente del miedo que en ocasiones anteriores le impedía defender sus derechos de mujer humillada, la emprendió contra él.

Irritado ante el cuestionamiento de ella, macho al fin, herido en su falso amor propio, acostumbrado a llevar siempre la voz cantante en su casa, el marido agarró a su indefensa esposa por el cuello, cerró su puño y vilmente, una y otra vez, lo depositó despiadadamente en su rostro. La mujer cayó al suelo. Su deseo en ese momento era matarla, pero se contuvo. Sabía que si lo hacía iría a la cárcel por asesino, y que su concubina se buscaría otro mientras él estuviera preso.

-Si ya me convertí en un escollo en tu vida, vete y déjame tranquila, o mátame, - balbuceó ella, prefiero morir a soportar este cruel e injusto maltrato.

Entonces, él buscó el veneno que guardaba para matar perros, se lo dio y le dijo: O te lo tomas, o te vas, pero a mi regreso no quiero encontrarte aquí. Él sabía que ella, al enfrentársele, lo hizo con la idea de ablandarlo. De ir tomando algún control en la casa. Pero él, era un hueso duro de roer y no iba a ceder ni un paso. Ella no tenía donde ir, por tanto, suicidarse era su única opción. Una mueca de triunfo se dibujó en su rostro y se tiró al camino.

Se montó en su yegua y se marchó. Sabía que ella esa misma tarde tomaría una determinación. Nadie puede soportar tanto maltrato, tanto rencor, tanto abuso por largo tiempo.

Una leve llovizna comenzó a desprenderse desde lo alto. Mientras él disfrutaba con la otra, el aguacero fue arreciando. Las cargadas nubes, en conjuro con el resto de la naturaleza, derramaron toda su furia sobre la tierra. Él quiso regresar antes que la crecida de la quebrada le cerrara el paso. De esta forma recogería el cadáver de ella y lo arrojaría a las turbulentas aguas. Así justificaría que ella, tratando de salvar los cerdos que estaban en el corral a orillas de la quebrada, fue arrastrada por la corriente. Montado en su yegua, un tanto temeroso, de forma diagonal pudo cruzar el caudaloso cauce. Cuando llegó empapado por el torrencial aguacero, la buscó, ella no estaba. Sin duda se había marchado, pensó él. Una enorme sonrisa de triunfo volvió a dibujársele en el rostro. Sintió un gran alivio. Se había quitado un enorme peso de sus espaldas. Ahora la otra ocuparía su lugar.

La lluvia, rabiosa, seguía cayendo. Las gruesas gotas repicaban sobre el zinc a ritmo de metralla. De vez en cuando un relámpago iluminaba la escena, y un trueno retumbaba sobre el sonido del torrencial aguacero. Las ramas de los árboles se balanceaban impulsadas por el viento, mientas las indefensas hojas temblaban, y se desprendían. Sobre las brasas del fogón estaba el café caliente aún. Con sus manos entumecidas, se sirvió un pocillo para aplacar el frío que le calaba los huesos. Sorbo a sorbo se lo tomó todo. Al terminar, se le nubló la vista, sintió que un dolor repentino lo contorsionaba. Todo su estómago se le quemaba. Se retorcía como un demente. Agarrándose la barriga y la garganta, con los ojos desorbitados y buscando aire, trataba de gritar, pero ningún sonido afloraba a sus labios. Entonces, …ella entró. Él, de rodillas, en su agónica desesperación, estiraba su crispada mano tratando de alcanzarla, clamando, implorando piedad. Se dio cuenta de que ella le había ganado la partida, pero no quería morir, no de esa manera, con su propio veneno. Jadeando como un animal acosado por la jauría, dio con el rostro en el soberao. Su cuerpo tendido en el piso tembló por unos instantes, luego se quedó quieto. Ella, con su rostro bañado en lágrimas, con la amargura y el dolor producido por el desgarrador momento, lo agarró por las piernas, lo arrastró cuesta abajo y lo lanzó a las turbulentas aguas.

Este cuento, obtuvo el primer premio en los juegos florales del 2016 celebrados en Lajas.

CAZADOR CAZADO

Para Celedonio la temporada de cacería por fin comenzaba. Abrió el armario, buscó su vieja escopeta, y sentado en el balcón de su casa, la desarmó en todas sus partes y empezó a limpiarla. Al día siguiente el monte completo tronaría como tarde de tormenta. Las ráfagas de plomo se diseminarían por el aire como lluvia primaveral arrastrada por el viento huracanado. Cazar era su pasatiempo favorito, su sueño, su pasión. Halar del gatillo y ver las palomas caer contorsionadas de dolor, le provocaba un éxtasis que lo hacía delirar de emoción. La angustia de ellas, era sin duda la alegría de él. El hombre nació para ser cruel, decía. La sangre de las indefensas palomas era un elixir para sus sentimientos. Su corazón se enardecía y les disparaba sin misericordia.

Ya se imaginaba con su ropa de camuflaje caminando sigilosamente por entre los arbustos, oteando cualquier movimiento que pudiera delatar a la tímida torcaz. Con el arma siempre en alto y el dedo en el gatillo. Al más leve sonido del agudo vuelo de la paloma, la detonación rompía el silencio del monte. Los proyectiles cortaban el aire dispersándose como un enjambre de abejas. Las palomas en desbandada volaban asustadas en todas direcciones, para luego caer con sus alas quebradas junto a él. Era maravilloso sentir las gotas de sangre salpicándole el rostro mientras caían en picada. Le fascinaba verlas caer en racimos alrededor suyo dando sus agónicos aleteos, con sus caritas contorsionadas, llenas de terror. Esa noche se acostó temprano, pensando que al día siguiente el monte se tornaría escarlata.

Condujo su auto hasta un paraje solitario y allí lo estacionó. Sacó la escopeta de la cajuela y la puso a un lado. Regresó al asiento delantero y recogió todo su equipo. Al volver a la parte posterior del auto, la escopeta no estaba, había desaparecido. – ¡Pero si aquí no hay más nadie!- exclamó. Intrigado buscó por los alrededores, pero el arma no aparecía. Sintió el leve crujir de las hojas secas y corrió hacia allá en busca del posible ladrón. Entonces…sonó el primer estallido que lo salpicó de plomo. Asustado, se dio vuelta y ante el inminente peligro de muerte salió corriendo. El segundo cañonazo fue horrible, los proyectiles le perforaban todo el cuerpo. En su desesperada carrera se preguntaba:

-¿Pero quién me persigue, y por qué quiere matarme, si la vida es la razón del universo y yo no he hecho nada a nadie, yo no mato ni una mosca? ¿Cómo es posible que sin motivo alguno me quieran matar? ¡Señor, pon tu mano, yo no quiero morir, no quiero morir!

En su desesperación se internó más en el bosque. Seguía huyendo, pero su cazador era implacable y a cada detonación más perdigones le seguían quemando la piel. En su agónica huida, los arbustos eran afilados cuchillos que le cortaban la carne, le destrozaban la piel. Caía para inmediatamente levantarse ante la andanada de perdigones que cada vez dolían más y le minaban sus ya agotadas fuerzas. Su perseguidor no daba tregua y las detonaciones seguían tronando a sus espaldas. Agotado y jadeando, bañado en sudor y sangre, cayó. Entonces…escuchó el gorjear de la torcaz. Luego vio el arma que le apuntaba al corazón y entendió que su momento había llegado, que la muerte es el único camino que tiene la vida. –No quiero morir, no quiero morir, - gritaba. En su desgarrador momento final, vio cómo la película de años anteriores se desarrollaba en la pantalla de su nublada mente, cuando él, como cazador nunca tuvo misericordia, y las inocentes torcaces caían muertas por cientos, y él se lo disfrutaba. Con ambas manos se cubrió el rostro, mientras una ola de arrepentimiento y llanto lo bañaba. Ahora era él la presa, el botín de caza. Veía cientos de palomas armadas con escopetas matando hombres, mujeres y niños y el monte se tornaba tinto en sangre. Miraba con horror las caritas ensangrentadas de aquellos niños inocentes, retorciéndose con la angustia de la muerte dibujada en sus rostros. Y, arrepentido, comprendió que el que a hierro mata a hierro muere. Si tan solo pudiera regresar al pasado, quemar la escopeta, y borrar aquellos horribles episodios de sangre que ahora lo estaban torturando. Pero el tiempo no retrocede, viaja en una sola dirección. Horrorizado miró al cielo y se persignó. Para su asombro, notó que le salían plumas en todo su cuerpo, se cubrió de ellas. Sus brazos se convirtieron en alas y, ante la inminencia de la muerte, salió volando. El estallido volvió a romper el silencio del monte. Sintió que sus alas se quebraron al impacto de los proyectiles y en picada se vino abajo, salpicando de sangre la cara de la torcaz.

—¡No quiero morir, no quiero morir! -seguía gritando sentado en la cama.

Este cuento obtuvo el segundo premio en los juegos florales celebrados en Lajas en el 2012

UN DÍA CUALQUIERA

A Jackeline Fernandini.
Quien inspiró el mismo.

Eran aproximadamente las dos de la tarde, cuando Jackie terminó de ser atendida en el Instituto de Oftalmología en la ciudad de Carolina.

No bien había salido del estacionamiento, cuando distinguió en la distancia un enorme nubarrón que le hizo barruntar que se acercaba una tormenta. Minutos más tarde comenzó una fiesta de relámpagos, que se lanzaban en picada como cuchillos afilados zigzagueando el espacio. Una andanada de truenos, como embravecidos tambores presagiaban una precipitación, dirigida desde las grises nubes que amenazaban lanzar su ataque pluvial desde el alto cielo.

No bien había manejado unas cuantas cuadras, cuando las primeras gotas se hicieron sentir. Luego fue arreciando, hasta que se precipitó sobre la tierra, como una rumba desafinada. No era el primer aguacero de mayo, pero sí aparentaba ser el más fuerte. El agua caía con tanta furia que, al estrellarse contra el pavimento caliente, lo hacía exhalar vapor como si fuera una caldera hirviendo. El calor que producía el vapor y lo recio del aguacero, hacían inservible el funcionamiento del limpia parabrisas. La visibilidad era casi nula en ese momento. En las orillas de la carretera comenzaron a formarse los charcos, y según pasaban los minutos toda la vía de rodaje parecía una laguna.

Jackie iba manejando sumamente despacio, con la debida precaución. Tratando de encontrar un lugar donde aparcarse en lo que paraba de llover. Las gotas de lluvia repicaban como tañer de campanas sobre el vehículo. Llevaba de compañía a sus hijos Keyla y Kenchy quienes no advertían el peligro ante la seguridad de la madre protectora. Ella seguía manejando y la lluvia arreciaba cada vez más. Luego de pasar por un charco que no parecía muy profundo, el carro se le apagó. Ahora estaba en medio de la carretera, la lluvia continuaba y el vehículo no se movía. La angustiada muchacha pensó que era la batería agotada. Procedió a llamar a su primo que vive en San Juan para que la ayudara, pero éste estaba de vacaciones en Miami. No tuvo más remedio que quedarse en el carro en lo que paraba de llover. Pensaba en qué hacer una vez que escampara, pero la precipitación pluvial no se detenía. El dichoso aguacero no tenía fin y arremetía contra el pavimento como un demente. El zigzagueo relampagueante de los ansiosos rayos, era seguido de la rabiosa tronada. En eso, ella notó en la distancia dos focos opacos, mustios, que se iban acercando. Un caballero muy bien vestido, con su chaqueta y corbata se bajó del auto y bajo la intensa lluvia caminó hasta donde estaba ella. Jackie   aseguró sus puertas, bajó un poco su ventanilla, le explicó su problema y le preguntó si tenía cables para la chispa de entrehierro (jumper) porque su batería parecía estar agotada. El buen hombre, que dicho sea de paso era de Mayagüez, maniobró de tal forma que acomodó su automóvil de frente al de ella. Extrajo unos cables del baúl de su carro y procedió a darle carga a la batería. A todo esto, el buen amigo, quien era toda atención y bondad, ya estaba empapado; pero como buen ciudadano, en ningún momento aflojó, ni desistió de su buen proceder. Cuando entendió que ya era suficiente tiempo y que la batería debía haber cogido la carga suficiente, desconectó los cables.

Evidentemente el problema de Jackie ya estaba resuelto. Ella muy agradecida se despidió del buen mayagüezano y se marchó. No bien había recorrido unos cuantos metros y el carro vuelve a apagársele. La lluvia había amainado un poco, pero la carretera estaba totalmente inundada. El caballero que continuaba detrás de ella, volvió a detenerse. Esta vez ambos se bajaron y bajo la lluvia, procedieron a ver qué era lo que pasaba. Concluyeron que la batería ya no aguantaba la carga, había que comprar una nueva.

La única solución posible era llegar a un autopiezas o a una gasolinera, y comprar una nueva. Aunque la lluvia había amainado un poco, la carretera parecía un embalse. Con vehículos varados a todo lo largo de la vía de rodaje. El lugar donde comprar la nueva batería quedaba muy distante de donde ellos estaban y era peligroso caminar con los niños bajo la lluvia y con la carretera inundada. Él se ofreció a llevarla, y con la confianza ya creada, ella y sus hijos abordaron el automóvil de su benefactor.

Luego de comprar la batería, procedieron a instalarla. Así ella logró encender su auto. Él se despidió no sin antes darle su número de teléfono para que cuando ella arribara a Yauco, lo llamara indicándole si había llegado sin mayores consecuencias.

Jackie, muy agradecida le dijo adiós y se marchó. Evidentemente ahora sí, su problema estaba resuelto. Tomó la autopista número cincuenta y dos y enfiló el rumbo hacia Yauco. Pasó el litoral de Caguas, subió la cuesta de Cayey bajo una leve cellisca sin importancia. Continuó cuesta abajo serpenteando las montañas, hasta llegar al peaje de Salinas. Ya no llovía, y sin duda todo marchaba sobre ruedas.

Olvidadas todas las penurias pasadas, entró en la recta de Salinas, área desértica. El calor era intenso y el sol le daba de frente. La carretera en la distancia brillaba como un diamante pulido y daba la sensación de desvanecerse ante sus ojos. Un paisaje marchito, seco, sin esperanzas de lluvia era el nuevo panorama. De momento sintió un fuerte estallido y un vago silbido. Un momentáneo temblor en su auto la obligó a detenerse. Allí pudo comprobar que uno de sus neumáticos de la parte trasera estaba ponchado. Con la paciencia de una chica sabia e inteligente, con el ánimo y la determinación de no rendirse, procedió a cambiar la llanta. Pero sus fuerzas físicas no le permitían aflojar las apretadas tuercas. Esta vez, varada bajo el ardiente sol, esperó por el buen samaritano. No pasó mucho tiempo cuando un oficial de la uniformada, que había terminado su turno de trabajo, la vio y se detuvo. Muy amablemente se ofreció a cambiar la goma, pero cuando extrajo la repuesta del baúl, encontró que se hallaba vacía.

Esta vez, con el policía escoltándola, manejaron por todo el paseo, hasta salir de la autopista. Llegaron a un lugar donde le llenaron la goma vacía y le cambiaron la que se había ponchado, que ya estaba hecha hilachas.

Ella le expresó su enorme agradecimiento al oficial y continuó su marcha, esperanzada de que ya su odisea había terminado. Estaban picando las seis de la tarde. El sol se lanzaba de un clavado en las aguas del mar Caribe. Se detuvieron en el servicarro de un come y vete, y frente a la ventanilla, el vehículo se apagó.

-No faltaba más-, estas cosas solo me pasan a mí, comentó ella un tanto airada.

Una vez servida la comida, entre ella y Kenchy empujaron el carro hasta un espacio libre del estacionamiento.

Comieron tranquilamente, y luego procedieron a ver qué pasó esta vez. Todo bajo el bonete se veía bien. Jackie agarró los cables de la batería, los movió como buscando un milagro y se montó. Accionó la llave y el motor arrancó. Enhorabuena. Poco antes de llegar a su casa, subiendo la cuesta, casi frente a la gomera de Jacanas, nuevamente el carro se le apagó. Con el impulso que llevaba logró llegar hasta la gomera. Allí un empleado hurgó en el motor y descubrió que el cable que conecta el alternador con la batería, estaba suelto. Un simple ajuste y quedó resuelto.

Exceptuando la goma vacía, si ella se hubiese dado cuenta inicialmente del problema, no habría tenido que comprar una batería nueva. Se habría ahorrado el contratiempo y unos cuantos pesos. Pero para adivino el Diablo, y éste no es mecánico. Tan pronto llegó a su casa y se despojó del trauma emocional, causado por un simple cablecito suelto, llamó al caballero que la ayudó inicialmente y le contó el resto de su gran tragedia. Aquello les pareció algo tan increíble, tan inverosímil, que acordaron no decírselo a nadie, por temor a pasar por mentirosos.

Si todos estos lamentables incidentes le hubiesen ocurrido cuando se dirigía de Yauco a Carolina, a cumplir con su cita médica, jamás habría llegado a tiempo. Por lo tanto, habría perdido su examen con el oftalmólogo, se habría visto obligada a llamar para una nueva cita inventándose algún cuento chino para justificar su ausencia, porque la verdad en el instituto no se la habrían creído.

Amiga y amigo lector, todo lo acaecido en este cuento, incluyendo los nombres de las personas, es tan verídico como usted mismo. Son cosas que le pueden suceder a cualquiera, aunque no se llame Jackie, en un día cualquiera.

NI MALO, NI BUENO

Aquel segundo domingo de mayo se celebraba en La Placita Vivoni de nuestro bello y pintoresco pueblo de Lajas, un merecido homenaje a las madres lajeñas. Se habían precipitado un par de chubascos en la tarde que propiciaron, sin duda, una noche fresca y placentera. La suave brisa costera se hacía sentir, como una caricia enamorada que deleitaba a los allí presentes. El acogedor clima caribeño y la apacible noche invitaban al maravilloso público presente a sentirse sumamente contento y de buen humor. Un cielo claro y tachonado de rutilantes estrellas con sus constantes guiños, servía de inspiración al insigne poeta lajeño don Armando Mercado y Texidor, quien, al compás de la suave música de fondo, extasiaba a los presentes con su exquisita poesía. La inconfundible danza puertorriqueña rememoraba aquellos maravillosos tiempos pasados en la mente de los mayores que, de alguna forma, recordaban con nostalgia momentos del ayer imposibles de olvidar. El bello bolero a tres voces, aunque más joven que la danza, arrancaba el anhelo de los bailadores, quienes se apretaban como una hiedra al cuerpo de su amada, y vivían un sueño eterno, en esa noche que nadie quería que tocara a su fin.

Gente de todos los rincones de nuestro querido valle costeño, al igual que el siempre querido jíbaro montuno, se habían dado cita aquella noche en La Placita Vivoni, para honrar con deferencia y cariño a nuestras madres. Valle y monte, pescadores y campesinos, eran uno solo.

Sentada un uno de los banquillos, de espaldas a la calle Amistad, se encontraba disfrutando de la festividad doña Eugenia de la Vega, mejor conocida por Geñita. Doña Casilda Pérez Sosa, a quien apodaban Cacha, se sorprendió al ver a su comadre Geñita, a quien hacía algún tiempo que no veía.

-¡Caramba, pero si es la comadre Geñita!-¿cómo está usted?

-¡Comadre Cacha, que bonito verle!, tanto tiempo, casi ni la conocía. Venga, siéntese y hábleme de usted. Cuénteme, ¿Qué ha sido de su vida?

Y este es el diálogo que se suscitó entre las comadres.

-Ay mija, me siento como tres en un zapato y yo en el medio. Fíjese que ahora a mi esposo Fortuito, -que no sé qué gusano le ha picao,-le ha dado por enamorarse y anda por ahí, como un tórtolo piropeando a las mujeres y haciendo conquistas. Se las consigue más viejas que yo, desde luego, -porque las jóvenes no le hacen caso,- pero se las consigue. Me tiene hasta la coronilla, y un día de estos me le voy con otro. Y cuando se encuentre solo y no tenga quien le cuele el café, se dará cuenta de que el gas pela. Condenao viejo, no reconoce que ya lo poco que le queda escasamente le da para mí, y quiere compartirlo con otras.

-Usted quiere decir comay, que el compay Fortuito anda de galán por las calles de Lajas, buscando donde casar el gallo. ¡Ay virgen! Y yo que pensaba hacerle la visita en estos días. Entonces ni me acerco por su casa. A lo mejor se ha enterado de que mi marido ya no me funciona y trate de cogerla conmigo.

-¿Cómo? ¡Que no le funciona! Pero, ¿Y qué pasó con el compay Gervasio? Si él se veía de lo más aquel. Usted quiere decir, que al compay se le cayó el moco, y ya… nada de nada.

-Así es mi comadrita, nada de nada. Un lamentable accidente me lo inutilizó. Y aunque él sigue viviendo, es como si no lo estuviera, porque ya no me funciona. Y yo a mis sesenta, todavía me siento como la caña en febrero. Me hace falta mi cariñito con bastante frecuencia, cosa que ya no tengo, ni de vez en cuando. Lo que más me molesta es que todavía yo me siento como una potranca cerrera, y ya no tengo jinete que me monte al pelo y me roce el lomo.

-Ja, ja, comadre usted no cambia. ¿Pero, cómo así? ¿Qué fue lo que le pasó? Por favor, ande, cuénteme.

-Ay nena, fue que Gervasio se trepó al techo del tercer piso, para arreglar la antena del televisor. Parece que la altura lo mareó y no sé cómo diablos se precipitó al vacío.

-¡Señor de la cota larga!, mi comadre, eso sí que estuvo malo.

-No tan malo comay Cacha, porque, por suerte, el viejo aterrizó sobre una paca de heno que había en la carretilla y le amortiguó la caída.

-¡Jesús mil veces!, eso estuvo bueno.

-No tan bueno, usted sabe que Gervasio tiene osteoporosis y es bastante gordito. Cuando cayó, reventó el heno con todo y carretilla y terminó sobre el rastrillo que estaba con las puntas hacia arriba. Se fracturó la pierna derecha en tres partes, y dos costillas con el borde de la carretilla.

-Uy, Jesús manífica, eso sí que estuvo malo.

-No tan malo, porque cayó de lado sobre el heno. Figúrese usted, si la carretilla no hubiese estado allí en ese momento, y el hombre hubiera caído de cabeza en la acera. Se me habría ido con los Panchos.

-Sí, sí, es verdad, pensándolo bien, por ese lado estuvo bueno.

-No, no tan bueno, si hubiese visto cómo gritaba el pobre infeliz, del dolor que sentía, y yo, con el susto, no encontraba que hacer.

-Es cierto comadre, un dolor así, debe de haber sido terrible, muy, muy malo.

-No, créame, no tan malo, porque usted sabe, que, aunque nos cuesta medio peso al mes, ahora tenemos al 911.

-Claro, menos mal, cómo no lo pensé antes, que el 911 es muy bueno.

-No tan bueno como ellos mismos alegan. Porque los muy contrallaos me hicieron perder casi media hora haciéndome preguntas estúpidas, mientras mi Gervasio casi se me moría, retorciéndose como un perro envenenado, y la ayuda no llegaba. Luego al rato me llamaron para decirme que los perdonara, que estaban en su hora de almuerzo y por eso se demoraban un poquito.

-Vaya, qué falta de consciencia y respeto, eso es imperdonable, malo, muy malo.

-No, no tan malo, no tan malo, porque después de todo, al fin la ambulancia apareció.

- Que bien, por lo menos consideremos, que eso estuvo bastante bueno.

-No tan bueno, bendito, si los paramédicos eran una mujer preñá, y el chofer, un muchachito flaco, que no podía ni con sus propios…, "usted sabe". No entiendo cómo les dan un empleo tan importante a personas que verdaderamente no están en la mejor condición física para un trabajo como ese. Especialmente cuando hay que levantar a un gordito como mi Gervasio.

-Las cosas que pasan en la colonia. Eso sí comadrita, que yo considero que está pasado de malo.

-No crea comadre, no fue tan malo. Por suerte pasaba por ahí don Chente y nos ayudó a treparlo a la ambulancia, que si no, se nos muere y allí mismo hay que hacerle la autopsia.

-Bravo, qué bien por don Chente, muy bueno.

-No tan bueno, comay Cacha. Una vez que lo trepamos a la ambulancia, arrancaron como alma que lleva el diablo y me dejaron a mí igual que una zángana, parada como un espeque en el medio del patio de la casa. Don Chente corrió detrás de ellos, gritándoles que me habían dejado, pero todo fue inútil. Se dieron cuenta cuando estaban entrando en la carretera 116. Entonces regresaron a buscarme.

-Avemaría Purísima, ¿Pero estaban locos esos muchachos? Eso sí que es imperdonable, malísimo.

-¡Qué va! No tan malo comay Cacha, si yo pensé que iba a tener que jalar a pie hasta el Centro Médico. Enhorabuena se recordaron y regresaron por mí.

-Bien por ese lado, después de todo se recordaron y regresaron por usted, eso estuvo muy bueno..

-No crea, mi comadrita, no tan bueno. Con la gravedad de Gervasio y el apuro de ellos por salvarle la vida, al llegar a la curva de la muerte en la carretera 116, chocaron con un coche fúnebre, que salía de la Urbanización Estancias del Parra, con un difunto que llevaban para el velatorio en la funeraria. Por poco nos manda a todos a la porra, con el impacto. Y no solamente eso, con el aparatoso choque, la puerta trasera de la ambulancia se abrió y mi pobre Gervasio salió disparado como una bola de billar, y cayó en los matorrales. Pero eso no se queda ahí. El ataúd, con el difunto don Rodrigo, también se desprendió del coche fúnebre y se fue dando vueltas y cabriolas cuesta abajo, hasta que la tapa se abrió y se salió el muerto. Rodó como un surullo hasta la cuneta, mientras la caja vacía seguía dando tumbos cuesta abajo. Pero lo triste y doloroso fue que, con el corre y corre, la algarabía y el bullicio de los noveleros, y el caos generado con el accidente, se formó una confusión tan horrible que, al llegar la nueva ambulancia y la policía, en su desesperación por actuar con la mayor rapidez posible, por equivocación, cogieron a mi pobre Gervasio y lo metieron en el ataúd y se lo llevaron para la funeraria. Mientras al difunto don Rodrigo lo treparon en la camilla, lo montaron en la ambulancia y se lo llevaron a emergencia. El caso es que nuevamente los paramédicos me dejaron allí plantada como una estúpida, sin saber ni entender lo que estaba pasando, con dolores físicos en todo mi cuerpo y abrumada con tanta emoción en un solo día. Con un taco en la garganta y ciega de tanto llorar, casi al borde de la locura. Gracias al oficial Morales, que me reconoció y se compadeció de mí, y me llevó hasta el Centro Médico.

-Que bien por el guardia Morales, quien con su bonita acción, supo ayudarla después de tanto martirio para usted, creo que fue muy bueno,

-Bueno, pero no tan bueno, mi querida comadrita. Cuando arribé al hospital, a sala de emergencia, en ese momento lo estaban atendiendo. Aterradora fue la sorpresa, cuando lo examinaron y encontraron que el herido de mi marido estaba embalsamado. Allí fue que me di cuenta de que mi cielito Gervasio debía de estar dentro del ataúd.

-Imagínese, comadre Cacha, cómo yo me sentía en ese doloroso momento. Pensando que mi puchunguito Gervasio podría estar aún vivo dentro de la caja del verdadero muerto. La emoción fue tan abrumadora que me quedé en babias, se me viraron los ojos y me fui en blanco. Allí perdí el conocimiento. No sé cuánto tiempo estuve así. El caso fue que cuando volví en mí me dieron la nefasta noticia, del sal pa'fuera que se formó en el velorio, cuando un hijo de don Rodrigo llegó de los Estados Unidos esa noche y quiso abrir la caja para ver a su viejo por última vez. Dicen que, en ese preciso momento, mi Gervasio abrió los ojos y cuando se dio cuenta del lugar donde estaba metido, de un brinco quedó sentado, echó un espeluznante alarido de terror y comenzó a temblar, que con el movimiento se le aflojaron los frenos al carrito donde estaba montado el ataúd y este se deslizó al centro de la capilla y mi papisongo allí mismo volvió a desmayarse. Todos los presentes, al ver y escuchar al muerto gritando, y al ataúd moviéndose y chocando con las sillas, quedaron petrificados. La rezadora, del susto se tragó el rosario. A la viuda le dio un infarto, que allí mismo estiró la pata y se la llevó Pateco. Cuando los condolientes por fin pudieron reaccionar, desaparecieron como por arte de magia. Aquella funeraria quedó más silenciosa que el mismo cementerio. Nadie se atrevía ni siquiera a pasar por la calle de enfrente.

-¡Jesús mil veces!, Divina Providencia, apiádate de nosotras. Comadre por favor, no siga, no siga, mire cómo se me erizan los pelos, el corazón se me quiere caer. Cuánta tristeza, cuánto dolor en tan solo un día. Eso sí que es horrible, terrible, malo, muy malo.

-No tan malo, mi comadre Cacha, no tan malo, o tal vez para usted. Pero lo verdaderamente tenebroso, era para mí. El tener que ir a la funeraria a identificar a mi gordito, acostado en aquel féretro, más muerto que vivo, más frío que un limber, a duras penas respirando. Cuánta angustia y dolor embargaba mi alma. Y cómo explicarles a los deudos de don Rodrigo el error cometido por los paramédicos, máxime cuando la viuda ahora era también difunta. Un sentimiento de angustia y congoja nublaba todo mi entendimiento. Mi alma, toda mi alma se quería desprender de mi cuerpo y abandonarme en aquel aciago momento de desesperación donde nada ni nadie podía consolarme

Gracias a este gran amigo, el oficial Morales, quien me impartió valor y me acompañó en ese momento tan difícil para mí. Que si no es por él, quizás yo también habría enganchado las chanclas.

-Entonces, por lo menos demos gracias al cielo y celebremos, comadre Geñita, que al final de cuentas, el compay Gervasio se salvó y eso está muy bueno.

-Sí, comadre Cacha, muy bueno, tal vez para usted, que su única preocupación son los cuernos que le pueda pegar el compay Fortuito. Pero no para mí, ni para mi querido Gervasio que, a consecuencia de todo eso, la sesera ya no le funciona, y lo otro, tampoco. El pobrecito ha perdido la tabla, y yo, ya no tengo quien de vez en cuando… Usted sabe.

SABINO y BALDOMERO

Una mentira no engaña más que al que la dice.
Elisabeth de Bellegarde.

Hacía más de diez años que Sabino y Baldomero no se veían. Durante su niñez y adolescencia siempre fueron amigos inseparables. Cuando llegó el momento de seguir rumbos diferentes, Sabino, para no abandonar a su amigo, le pidió que se fuera con él a los Estados Unidos, que allí había buenas oportunidades de triunfo. Pero Baldomero le dijo que aquí en Lajas también las había, que todo era cuestión de estudiar. Sabino tuvo la desdicha de irse a vivir a los Estados Unidos de Norteamérica, donde deambuló convertido en un lumpen, siempre con la botella de vino barato en sus bolsillos. El único trabajo que desempeñó fue el de lavaplatos, con un miserable sueldo que escasamente alcanzaba para pagar el cuartito alquilado y comer de vez en cuando. El muchacho poseía su grado de inteligencia, pero el alcohol era más fuerte y siempre lo dominaba. Fueron muchas las noches que despertó borracho en un zaguán, con el estómago vacío. Sin contar las que durmió preso por robo y alteración a la paz.

Baldomero no tuvo mejor suerte. Con la idea de hacerse de algún dinerito fácil y rápido, penetró armado en el Banco de Ahorro y Economías de Lajas, le dio un tiro en una pierna al cajero, le robó dos mil dólares y se dio a la fuga, horas más tarde lo atraparon y como castigo, lo metieron en chirola por diez años. Allí, aprendió la verdadera técnica de como asaltar un banco, y disfrutar del botín, sin que lo agarraran, pero ya era un poco tarde para él.

Sin mucho que hacer en la ciudad de Passaic, en el estado de Nueva Jersey y antes de que lo encerraran nuevamente por sus malas costumbres, Sabino reunió unos chavitos para el pasaje y se regresó a Lajas. Dos días antes, Baldomero había cumplido su condena y ya se encontraba en la libre comunidad.

Aquel Domingo de Ramos, ya entrada la tarde, por esas raras coincidencias de la vida, Sabino sube paseando por la Calle 65 de Infantería en dirección a la iglesia, mientras Baldomero hacía lo propio, por la Calle San Blas. Sabino al llegar a la esquina de la terraza Figueroa, viró a su izquierda. Baldomero en la esquina de la escuela Perry dobló a la derecha. Ambos amigos coincidieron en la calle Concordia, frente al edificio donde una vez ubicó el Casino de Lajas, al lado opuesto de la plaza pública. Cuán inmensa la sorpresa y cuán grande la alegría. Se reconocieron, se abrazaron y se sentaron en un banco de la plaza a platicar. El primero en romper el hielo fue Sabino, quien muy entusiasmado, pregunta:

- Hombre, pero, ¿cómo estás? Te ves muy bien, estás rollizo y bien blanco, parece que hace muchos años que no coges sol. ¿A qué te dedicas? ¿Que ha sido de tu vida en todos estos años? ¡Vamos cuéntame! ¿Dime cómo te va?

-Pues no me va tan mal, le contestó Baldomero. Me dediqué a estudiar. Tuve la suerte de casarme con una empresaria mayagüezana y tengo tres mueblerías, una en Mayagüez, otra en Añasco y la última en Aguada. No he puesto ninguna en Lajas, pero algún día abriré la mejor y la más grande y le tendré precios muy especiales a mis queridos compueblanos. ¿Me comprendes? He sido bendecido con dos hermosos hijos, tengo una mansión en Alturas de Lajas y me paso la vida al aire acondicionado, por eso estoy tan blanco. No puedo quejarme, la vida ha sido muy buena conmigo. Para ser franco, yo no hago nada, en mis negocios tengo tantos empleados que ellos hacen todo por mí. No me ocupo ni de contar las maletas de billetes cuando llegan por la noche; ¡no señor! Eso que lo haga el banco. Para qué molestarme, yo quiero seguir viviendo como un rey, sin preocupaciones de nada.

-Pero no hablemos más de mí; cuéntame de ti, ¡porque te ves muy bien!, un tanto delgado, pero tienes muy buen semblante. - ¿Qué has hecho en todos estos años?

-Bueno, si me notas un poco delgado, es porque yo corro todos los días, para mantenerme en forma, es la mejor manera de conservar una buena salud. En cuanto a mi vida, pues no puedo quejarme, me ha ido bastante bien. Tu sabes que yo me destaqué en el béisbol y era muy buen lanzador. Tuve la suerte que, jugando en las ligas hispanas, un escucha de los Yankees me descubrió y me firmaron. Me dieron un bono bastante jugoso, pero en un juego de práctica me dieron un bolazo y me rompieron la clavícula derecha y me tuve que retirar. Desde luego el seguro me pagó muchos miles y así pude estudiar y obtener un doctorado en administración de empresas y desarrollar un buen negocio, que me tiene viviendo a cuerpo de rey. Tengo seis edificios con veinte apartamentos de alquiler cada uno, que me generan una monstruosa renta mensual, que no sé qué hacer con tanto dinero. Tengo bonos con dos compañías petroleras y me paso en Wall Street apostando en la bolsa de valores, que es como para volverse loco. Todo eso sin contar con los enormes intereses que me generan los chavos del banco. Además, me casé con una norteamericana cuyos padres están podridos de dinero y nos pasamos viajando alrededor del planeta, y haciendo obras benéficas con todos aquellos marginados que no han sabido echar hacia adelante. Mi vida ha sido todo un éxito y me siento muy feliz por eso. Bueno, pero debo irme, ha sido muy bonito volver a verte y me alegra mucho que hayas triunfado. Necesito llamar a Nueva York para saber cómo cerró la bolsa hoy, aunque yo estoy de vacaciones, siempre tengo que estar pendiente de mis negocios.

Ambos amigos se abrazaron, y con lágrimas en los ojos se despidieron. Se retiraron caminando en direcciones opuestas. Mientras Baldomero se alejaba, sin atreverse a mirar hacia atrás, pensaba para sí mismo. Vaya hombre; a Sabino sí que le ha ido bien, él siempre fue un triunfador, en la escuela era el mejor, tanto en los deportes como en la clase. Siempre estuvo por encima de los demás. Quién lo iba a decir, hoy es todo un gran empresario, forrado de dinero. En cambio, yo no saco los pies del plato. Sin trabajo, ni esperanzas, porque nadie emplearía a un ex convicto ladrón de bancos. Le pude haber dicho la verdad, estoy seguro de que me habría aflojado por lo menos un cien. Hasta me podría llevar con él y darme trabajo, aunque fuera en mantenimiento. Que estúpido he sido. Esta mentira mía me ha resultado peor que cuando asalté el banco. Pero tan pronto lo vuelva a encontrar, le diré la verdad y sé que él me ayudará a salir a flote. Es mi gran amigo y sé que puedo contar con él.

Sabino caminaba cabizbajo, sumido en aquel triste letargo, que parecía hundirse en la acera de la calle Concordia. Y pensaba, …quién lo hubiera dicho; si yo me hubiera quedado aquí en Lajas, y hubiese estudiado como lo hizo Baldomero, hoy sin duda sería un exitoso comerciante. Pero me fui al norte buscando lana y regresé esquilado. Tantos caminos buenos que tiene este mundo, y yo no he sabido escoger el mío, hoy Baldomero se encuentra nadando en plata y yo no tengo ni diez centavos para un mísero café. Ahora, para colmo, la jactancia y la mentira me han ablandado más la tierra y me sigo hundiendo irremediablemente como un miserable. Tan fácil que es decir la verdad; sin embargo, en mis momentos más importantes, ésta nunca aflora a mis labios. Pero hoy juro que cuando vuelva a encontrarlo, de hinojos le contaré mi historia. Sé que él me sabrá comprender y perdonar. Y quizás por lo menos me tire con un cincuenta, que tanta falta me hace.

LA RECOMPENSA

Cuanto más duro el combate,
más gloriosa será la recompensa.

Massimo Taparelli.

Basilisia y Rigoberta eran hermanas jamonas, no "gemelas"; habían alcanzado las edades de cuarenta y tres, y cuarenta y cinco años, respectivamente. Basilisia, era la de mayor edad, por lo tanto, en la mayoría de las ocasiones, los consejos y la última palabra los decía Basilisia. Ninguna había obtenido los títulos académicos necesarios para ejercer una profesión bien remunerada, que las ayudara a vivir holgadamente. Eso sí, eran sumamente responsables en sus faenas como empleadas domésticas. Eso le había ganado el respeto y el cariño en aquellos hogares donde desempeñaban sus labores.

Aquella tarde, a eso de las seis, Rigoberta se encontraba en el autobús de la A.M.A. de regreso a su casa. Ella se encontraba sentada al fondo de la cabina. En eso entró un caballero con una valija de color negro en su mano, quien daba la impresión de estar un tanto ebrio. Tomó asiento una línea al frente de ella. Dos paradas más adelante, entró un señor bastante mayor con un cigarro entre los labios. Logró conseguir un asiento disponible, al lado de Rigoberta y allí se sentó. Rigoberta, al verse afectada por el humo del cigarro, buscó con la vista para ver si había algún asiento vacío, para cambiarse de lugar, pero desgraciadamente, no vio ninguno.

Unas cuantas cuadras más adelante, se detuvo el autobús y el caballero de la valija se apeó. Rigoberta, aprovechó la oportunidad y se pasó al asiento disponible. Al sentarse descubre el maletín, trata de llamar al caballero, pero ya la guagua arrancaba y éste caminaba dando traspiés por la acera. Durante el recorrido hasta su casa, fueron tantas las paradas que hizo la guagua y el cambio de gente entrando y saliendo fue tan abrumador, que al momento de llegar a la parada donde a Rigoberta le tocaba bajarse, ya nadie podía ni siquiera pensar que ese maletín perteneciera a otra persona que no fuera Rigoberta. Así que ésta lo agarró, se lo metió debajo del brazo y se lo llevó como si siempre le hubiese pertenecido.

Caminó las dos cuadras que la separaban de su pequeña, pero bien aseada casita de madera y zinc, abrió su puerta y entró. Tiró la valija sobre el pequeño sofá de la sala y prosiguió a darse un baño. Luego de bañarse, se dirigió a la cocina, para preparar la cena. En eso, llegó Basilisia. Una vez que Basilisia terminó su acostumbrado aseo personal, se acercó a la cocina a ayudar a su hermana. Allí en una pequeña mesita, consumieron su cotidiana cena. Entonces, se llegaron hasta la sala y encendieron el televisor, para ver su novela preferida. Es en ese momento que Basilisia nota el maletín. Lo tomó en sus manos, lo sintió pesado y le preguntó a Rigoberta el origen del mismo. Ésta le contó la historia de lo sucedido y luego de pensarlo por un rato, tomaron la decisión de abrirlo. Con un martillo y un cortafrío volaron la cerradura.

Las dos hermanas, casi se desmayan, al descubrir que la valija estaba repleta de dinero. Luego de salir de su asombro, procedieron a contarlo. Cuatro horas y cuarenta minutos les tomó a las dos nerviosas hermanas, contar un millón de dólares. Lo acomodaron nuevamente en el maletín.

-¿Y ahora qué vamos a hacer?-, preguntó Rigoberta. Después de unos segundos de vacilación, dice Basilisia:

-Ese dinero no nos pertenece, no es nuestro, por lo tanto, hay que devolverlo.

-¿Qué? ¡No puede ser!- Rigoberta puso el grito en el cielo. -¡Esto es un regalo divino, que la providencia, como premio, nos ofrece!, ¿Por qué vamos a devolverlo?

-Bueno porque no es nuestro.

- No era nuestro antes, pero ahora sí; míralo, es de nosotras dos, lo tenemos aquí en nuestras manos y nadie más lo sabe. Esta es la mejor oportunidad que jamás tendremos de comprar una nevera nueva, cambiar la estufa, la lavadora, un buen televisor y tantas otras cosas, que siempre careceremos de ellas, si no aprovechamos este maravilloso momento que la vida nos brinda. Los argumentos de Rigoberta, sin duda eran genuinos, pero Basilisia, acostumbrada a siempre tener control sobre su hermana, parecía que iba prevalecer y le decía. Mira hermanita, si nosotras fuéramos un par de descaradas ladronas, corruptas y embusteras, estaríamos en la legislatura, en el senado, o en cualquier rama del gobierno de Puerto Rico, disfrutando del poder que tienen esos canallas, con el favor del Gobernador, quien es la peor cucaracha de toda la cloaca gubernamental. Pero somos personas responsables, respetuosas, decentes, que no hacemos daño a nadie y no nos apropiamos de lo que no es nuestro. Así que mañana a primera hora, te diriges al terminal de la A. M. A. buscas la oficina de objetos perdidos y devuelves todo ese dinero.

Verás lo bien que te vas a sentir haciéndolo y lo más probable, es que te den una jugosa gratificación, de posiblemente, cincuenta o cien mil dólares. Con eso cubriremos todas nuestras necesidades y conservaremos el prestigio y la decencia que siempre hemos tenido. Recuerda, no estamos en el gobierno, y quien quiera que haya perdido ese millón de machacantes, no escatimará en darte una buena propina, ellos entenderán que es mejor perder cincuenta o cien mil, que perderlo todo. Ya que a estas alturas lo dan todo por perdido. Porque saben que el que lo encontró, jamás lo va a entregar. Pero tú vas a sorprenderlos, con tu alto concepto moral. Ellos, con la alegría de haberlo recuperado, verás la enorme propina que recibirás. Saldrás en todos los rotativos del país, como un verdadero ejemplo de honradez y dignidad. Todo Puerto Rico te conocerá a través de la televisión. Tu fotografía le dará la vuelta al mundo y serás la heroína más aclamada de la década. El gobernador y sus alicates, como cuestión de protocolo, se verán obligados a rendirte un homenaje, donde no se atreverán a mirarte a la cara. Te sentirás emocionalmente más feliz con cincuenta mil, bien ganados, que con un millón usándolo a escondidas. Así que no se discuta más el asunto. Mañana lo devuelves y verás los buenos resultados, entonces me lo agradecerás.

Aquella noche, la pobre Rigoberta no durmió un sólo segundo. A la mañana siguiente con los ojos hinchados de tanto llorar, con la cara de amargura de un deambulante maltratado y abandonado a la suerte, se dirigió al terminal de autobuses. En su trayectoria se sentía como la lata vacía, que todo el mundo patea en la calle. Sin darse cuenta llegó al terminal. Preguntó por la oficina donde se entregan los objetos perdidos y se dirigió hacia ella. Ya para ese entonces, el dinero extraviado había sido reportado y un cachanchán del banco a quien pertenecía el dinero, se encontraba como un perro sabueso, husmeando por todos los rincones del terminal.

Cuando se regó la noticia de que el millón de hojas de lechuga había sido recuperado, gracias a la honestidad de una buena ciudadana, toda la prensa del país, se dio cita en el lugar para conocer a la idiota que lo devolvió. Una comisión del banco se dio cita inmediatamente en el terminal. Allí, entre risas, júbilo y aplausos, conocieron a Rigoberta. La abrazaron, la felicitaron y le obsequiaron una dona glaseada y un pocillo de café prieto. Procedieron a contar el dinero y corroboraron que estaba completo. En agradecimiento y como recompensa, el gerente del Banco sacó su chequera del bolsillo y le hizo un cheque. Rigoberta, temblando y muy emocionada, tomó la recompensa y sin atreverse a mirar la cantidad, lo dobló y guardó en su cartera. Ya en la calle, a insistencias de la prensa, ésta se decidió a ver a cuánto ascendía el cheque. Le habían regalado veinticinco dólares. Cuando se le preguntó al gerente por qué una gratificación tan pequeña, éste contestó que había pensado darle cien, pero como rompió un maletín que no era propiedad de ella, que tenía un valor de setenta y cinco dólares, éste no tuvo más remedio que descontárselo de la recompensa. Volvieron a preguntarle a Rigoberta que iba a hacer con ese dinero y ella contestó que iba para su casa a estrujárselo en la cara a su hermana. Alguien volvió a preguntarle qué pensaba de la honestidad y Rigoberta con palabras entrecortadas dijo: La honestidad es muy buena, es una lástima que pague tan barato.

ETERNAMENTE JUNTOS

La presión de la sangre en los brazos de Obduliano le quería reventar las venas. Pero él apretaba con más fuerza. Ella, en su desesperación, en vano trataba de liberarse. Él, con sus manos crispadas, lleno de desesperación, de coraje, de determinación, le seguía apretando el cuello, hasta que estuvo totalmente convencido de que todo había acabado para ella. Su cuerpo inerte, amoratado, cayó al suelo. Obduliano, se quedó observándola un tiempo más. Quería estar seguro, bien seguro de que todo había terminado. La acomodó en la cajuela de su auto y esperó al anochecer.

Amparado en la negrura de la nefasta noche, cuando ya no había sombras que lo acompañaran, se dirigió al monte. Ocultó el carro en un paraje solitario y la cargó en hombros hasta el lugar que él consideró apropiado. Cavó la fosa y sin el más mínimo remordimiento la sepultó. Un poco nervioso, pero satisfecho, regresó a su casa.

Ya nunca más volvería a verla. Ella no era mala, y él sabe que ella lo quería. Pero ya no podía soportarla; siempre pegada a él. Nunca más le pediría que la abrazara, que sentía miedo, que no la dejara sola. Que quería estar con él aún después de la muerte. Y eso lo fastidiaba, lo irritaba. Ya no soportaba estar abrazado a ella toda la noche. También sabía que, si la abandonaba, ella lo buscaría y lo haría volver. Por eso la única solución viable era matarla.

Obduliano trataba de conciliar el sueño, pero no lo lograba. Algo le decía que aún estaba viva; que volviera rematarla. Después de vueltas y vueltas en la cama y de tanto pensarlo, regresó al monte para cerciorarse de que ella jamás regresaría. Se paró sobre la tumba y esperó por alguna reacción. Pero nada pasó. Sin duda su propia mente le estaba jugando una mala pasada.

Emprendía el regreso, cuando una voz a sus espaldas, le preguntó: ¿Obduliano, amor mío, por qué lo hiciste? Era ella, sabía que era ella, su voz, aunque un tanto quebrada, era inconfundible. En ese momento sintió miedo. Temblando de pánico, se tapó los oídos, pero la seguía escuchando. Cuando pudo voltearse, lleno de pavor la vio emergiendo de la tumba. Estaba totalmente pálida, despeinada, sucia. Se le acercó y él sin poder moverse, sintió cuando sus brazos yertos lo abrazaron. Se apretó a su cuerpo y lo fue arrastrando a la fosa. Era horrible. Él trataba de liberarse, pero los brazos de ella lo apretaban cada vez más. Quería gritar, pero las palabras no afloraban a su boca. Poco a poco se fueron sumergiendo en la tierra suelta. Sentía que le faltaba aire, que se ahogaba. Su angustiado cuerpo se contorsionaba bajo la presión de los brazos de ella. Pero no lo aflojaba, y seguían bajando.

Cuando por fin tocaron tierra firme, ella lo acostó. Todo se tornó frío y oscuro. Él vio como una luz fugaz cruzó frente a sus ojos y se fue calmando. Entonces pudo hablar. Le acarició su cabello, le besó la frente, le dijo que la amaba, y que nunca más la abandonaría. Y buscando piedad se abrazó a ella.

EL COMPAY SIMÓN

La persona más fácil de ser engañada es uno mismo.
Eduardo Bulver Lytton.

A decir verdad, mi mujercita, mi linda Crisanta, últimamente me tiene sorprendido. La mamisonga ha dado un giro de ciento ochenta grados. Tan pronto llego a mi casa, la encuentro con un vestido nuevo, bañadita, perfumadita, bien arregladita, regia. Cualquiera diría que la condená me quiere conquistar como en los viejos tiempos. No es que ella sea una mujer amargada, al contrario, siempre ha sido alegre, jovial, cariñosa, pero en estos últimos meses la tipaza me tiene del tingo al tango. No hago más que asomar la nariz a la puerta y el perfume de mujer bonita que se pone me eriza, no solamente los pelos, me pone toda la carne de gallina. Y si eso fuera todo, pero tan pronto me acerco a la cocina, el aroma a comida bien confeccionada me saca por el techo. Los suculentos asados que me prepara son para chuparse los dedos. Ella se encarga de todo; y no sé cómo lo hace. El caso es, que en la nevera siempre hay un paquetito de cervezas bien frías, vestiditas de novia. El congelador, repleto de carne. Hasta un aire acondicionado tenemos ahora que, si no lo apago a la media noche, se me congelan hasta las… Tú sabes… Sin duda mi Crisanta es una verdadera santa. Es la proveedora de la casa, porque yo no nací para trabajar. Ese castigo yo no me lo merezco, que trabaje otro, que mientras el bocado aparezca, mi vida seguirá siendo la calle, la bohemia, el billar y los amigos.

Una de estas tardes me senté a la mesa a paladearme la cena, y cuando quise preguntarle de dónde había salido todo aquello, ella me pasó sus dedos perfumados por el cabello y me dijo: cállate y ponte a comer.

Luego, cariñosamente, me indicó que todo fue idea del compay Simón, que siempre está pendiente para que no nos falte nada. Ese compay Simón es un ángel caído del cielo. ¿Qué sería de nosotros sin el compay? Bueno, me disfruté la cena, a la verdad que estaba sabrosa. Hacía un siglo que no probaba un buen pernil asado. Gracias a mi mujercita que fue quien lo escogió a él para compadre. Esa puchunguita hace de tripas corazones para agradarme y mantenerme complacido. Sé que me di otra cervecita, y luego de hacer la digestión me fui a bañar.

Cuando salí del baño, ya mi camisa estaba planchada y ella le estaba dando los toques finales al pantalón. Esa tarde, ya casi picando la noche, más contento que nunca, me dirigí al billar de Lolo.

Es entonces que, llegando al billar, miré hacia atrás y pude observar en la distancia una silueta montada a caballo, que se me pareció al compay Simón.

¿A dónde irá el compay a esta hora? Me pregunté, ¿me vendrá a visitar? Entonces, por deferencia a mi querido compadrito, me regresé a casa. Cuando llegué todo estaba como boca de lobo. Caminé por la parte posterior de la casa y pude percibir quejidos pasionales que emanaban de mi Crisantita. La chica parecía que sufría, eran los mismos quejidos pasionales que emitía cuando ya la tenía bien afincadita haciéndole el amor. Es allí que caigo en cuenta. ¿Por qué no lo pensé antes? Lo que son las cosas de la vida, señores. En mi casa yo le abro los brazos a mi compay para recibirlo, y mi mujer le abre las piernas. Ese compay Simón sí que se las sabe todas, qué ganso es. Yo que siempre lo consideré un zamacuco y me salió un macho cabrío, es más listo que las arañas. Ese sí que sabe dar del ala para comer de la pechuga. ¡Quién lo iba a decir!, que mientras yo me como su pernil, él se come mi costilla.

POLOS OPUESTOS

Gloria Celeste de los Ángeles, nació en el barrio Palmarejo de Lajas una fresca madrugada de primavera. Ese mismo año y en el mismo barrio, en una calurosa tarde de verano, vino al mundo, Juana Calamidad Malatesta. A medida que iban creciendo, Gloria Celeste, se ganaba el cariño y admiración de todos sus vecinos y amistades, por sus dotes de amor, cariño, altruismo y comprensión. Esta chica, de acuerdo con quienes la conocían, era un verdadero ángel, en la más amplia extensión de la palabra. Era tan buena y servicial, que la gente decía, que todas las cosas buenas del cielo, estaban destinadas para ella aquí en la tierra. Que sin duda sería una chica bendecida y que nunca pasaría por situaciones que pudieran afectar en lo más mínimo su vida.

Juana Calamidad, por el contrario, caminaba en una dirección totalmente opuesta a su amiguita. Esta muchachita, a la corta edad de ocho años, a escondidas, ya se fumaba su cigarrillo, le robaba a su padre, decía las peores barbaridades y se pasaba con los chicos gozando de cosas propias de adultos. Faltaba a la escuela, se peleaba a golpes con los varones y se defendía como una gata acorralada, siempre que para ella fuera necesario. No se le quedaba callada a nadie, no importa quien fuera. Todo el que la conocía, juraba que las peores cosas de este mundo estaban predestinadas para ella.

El mismo párroco de la capilla, cuando abría su libro para dar la enseñanza religiosa a sus feligreses, usaba como comparación del bien y el mal a estas dos vecinas criaturas. Siempre elogiando a una y rechazando a la otra. Según su libro, todas las cosas buenas de la vida le estaban reservadas a Gloria Celeste, ésta, mientras caminara, una alfombra de bendiciones se extendería a su paso y sería guiada por la Divina Providencia; con la protección sagrada del cielo. En cambio, la infeliz Juana Calamidad, caminaría por un sendero lleno de cardos y ortigas, con odio y coraje en su corazón, tropezando a cada momento con las piedras del camino y no tendría la más mínima oportunidad de ser feliz. Ese era el destino que ella misma había escogido y que la arrastraría irremediablemente hacia el profundo abismo de la desdicha.

Pero las cosas parecían no estar encajando de acuerdo al libro. Una fresca mañana abrileña, mientras Gloria Celeste caminaba tranquilamente hacia la escuela, una leve cellisca la obligó a correr para no mojarse, pero resbaló en la acera, se cayó, se rompió un brazo, y le dio catarro.

Pero, de acuerdo con los libros y leyes supuestamente divinas establecidas, ¿estas desgracias deberían de ocurrirle a Gloria Celeste? ¿Se merecía esta inocente niña, las cosas que le estaban sucediendo? Lo que debía estar sucediéndole a Juana Calamidad, de acuerdo al libro y a las prácticas y prédicas de los supuestamente entendidos en esta materia, se lo estaba llevando la otra. ¿Pero por qué? Juana Calamidad hacía cosas que ni los mismos chicos de su edad se atrevían a ejecutar por temor a lastimarse. Sin embargo, ella que debía de recibir algún castigo por su comportamiento y osadía, siempre salía ilesa ante cualquier situación.

Así seguían creciendo estas dos muchachas, -muy hermosas, por cierto.- Gloria Celeste padeciendo la calamidad que, de acuerdo al orden divino establecido, no debería recibir, y Juana Calamidad gozando y disfrutando de la gloria celestial terrenal que los entendidos, entendían que no le correspondía vivir; aunque así no es la vida, así es la gente. El orden de castigo y justicia, que debía de regir de acuerdo al susodicho libro, parecía haber perdido su sentido y la vida seguía su curso.

En la fiesta del baile de graduación de cuarto año, los chicos preferían bailar con Juana Calamidad porque esta era una gloria moviéndose, y rechazaban a Gloria Celeste porque era una calamidad bailando. Aunque todos decían preferir a una mujer buena, trabajadora y honesta al momento de casarse, entendían y manifestaban que Juana Calamidad con sus arrebatos de lujuria, sería más divertida y emocionante.

Llegó el momento de matricularse en la universidad y Gloria Celeste fue becada. Mientras Juana Calamidad, a duras penas halló un hueco y logró colarse. Cuatro años de mucho estudio, dedicación, abnegación y sacrificio, redundaron en los más altos honores, con un título Suma Cum Laude para la celestial Gloria Celeste. Juana Calamidad, se disfrutó de rabo a cabo la vida universitaria. Pasaba los exámenes rayando el mínimo, gracias a que algún compañero ilusionado le hacía los trabajos. Aun así, la pobre muchacha, para poder graduarse con promedio rasero con el piso, tuvo que hacerles algunos favores a unos cuantos profesores.

El día de la graduación, ambas fueron muy felices. A la mañana siguiente se lanzaron a buscar trabajo. Juana Calamidad no tuvo ningún tipo de problema, gracias a sus habilidades femeninas encontró una buena colocación como supervisora de producción en una empresa privada. Aunque confrontó bastantes dificultades por su carencia de materia gris, con sus encantos y habilidades femeniles y el cariño y la tolerancia del jefe, la muchacha pudo sobrellevar la carga.

Por otro lado, la infortunada Gloria Celeste, dada su parsimonia y sutileza,- aun con su elevado título académico- la chica no encajaba en este mundo de vampiros y lobos donde el más fuerte le descalabra la vida al más débil.

Juana Calamidad, ya hastiada y aburrida de su trabajo y su jefe, incursionó en el campo de la política. Unos meses más tarde, resultó electa representante por el distrito veintiuno y enfiló rumbo a la cámara. Allí, por su vagancia y poco sentido de responsabilidad, cayó como pez en el agua, y se unió al clan de la más alta jerarquía de corruptos del país. Nunca había dejado de ser mala y, sin embargo, la vida le sonreía. Decidió, por primera vez en su torcida vida, hacer una obra positiva y se llevó a Gloria Celeste de ayudante al palacio de los mentirosos. Allí le enseñaría cómo es que se bate el cobre, en un mundo de vampiros y lobos carroñeros.

CUCHUCO

El amor promete alegrías y envía penas.

Ugo Fóscolo

Durante aquella fiestecita, a don Manolo no le gustó como Cuchuco miraba a su hija Filomena. Parecía que se la quería comer con los ojos. Que sería una presa fácil. La niña dentro, de su inocencia, se sentía atraída, halagada. Cuchuco le sonreía, le guiñaba y continuaba con su acercamiento amoroso. Pero don Manolo, siempre pendiente, se daba cuenta. Veía a su pequeña, quien atraída por aquel engañador, también sonreía. Al viejo don Manolo le repugnaban esos acercamientos. Disimuladamente se le acercó al picaflor y le dijo: Hasta ahí llegas, si te ensañas con mi niña. Esa no nació para tí, ni para ninguno como tú. Te lo digo porque sé de tus andanzas. Sé lo que le hiciste a la muchacha de Palmarejo. Y cuando abusaste de aquella niña en Piedras Blancas. En Santa Rosa, la hija del viejo Pancho va a tener un hijo tuyo, y quien sabe cuántas más han sido víctimas de tus engaños amorosos. Mi niña es una chica decente. Y mientras yo viva sabré defenderla de buitres degenerados como tú.

Cuchuco tragó gordo. Dejó escapar una sonrisa sosa. Bajó la guardia y poco a poco se fue retirando. Pero no se daría por vencido. Acostumbrado a salirse con la suya, ignoró las palabras del viejo don Manolo. La muchacha le gustaba y un viejo enojado no era obstáculo para detenerlo. Ya antes había pasado por situaciones similares. Siempre había salido airoso y esta vez no sería la excepción. Él sabía que una vez que se lanzaba a su objetivo, nada lo detenía. La belleza e inocencia de la muchacha era su carta de triunfo y lo lanzaban al reto.

En el velatorio de doña Dorotea, Cuchuco se daba el trago. A la llegada de don Manolo, el tunante mozalbete disimuladamente comenzó a retirarse. El momento había llegado. Era cuestión de buscar la guitarra y hacer lo mejor que él sabía hacer. Pero don Manolo adivinó la movida. El viejo se montó en su bayo de cabos blancos y enfiló monte arriba. Los cascos del potro retumbaban en el silencio de la noche. Camino a su casa las ranas le abrían paso, los cocuyos lo alumbraban. Los coquíes y chicharras creían saber cuál era la prisa. Tenía que llegar antes que el atrevido picaflor.

Cuchuco templó las cuerdas de su guitarra, se dio par de jiriguillasos de ron cañita para matar el enronquecimiento de su voz, y se encaminó jalda arriba hacia el bahareque de don Manolo. A cada paso el muchacho se acercaba más a su conquista, se sentía más seguro. Pronto la tendría en sus brazos. Anotaría una más a su lista de amorosos triunfos. Las estrellas, asustadas, se escondieron tras las nubes, que se tornaron grises y aumentaron la negrura del monte. La noche presagiaba una tragedia. El aire olía a sangre. Cuchuco, acostumbrado como siempre a sus fáciles conquistas, montó su arpegio amoroso. Él sabía que con su bonita voz y con su hábil manejo de la guitarra, se abrían puertas y ventanas. La luna llena de aquella noche de primavera, abrió un hueco entre las nubes para hacerse cómplice. Un múcaro montuno ululaba una lúgubre tonada. La guitarra ilusionada parecía que lloraba y la voz del enamorado era una súplica de amor. Filomena, en la obscuridad de su alcoba, emocionada, con manos temblorosas hacía la señal de la cruz. Don Manolo, también tembloroso, esperaba.

Al terminar la hermosa melodía conquistadora, se escuchó el rechinar de las bisagras y la ventana se abrió. Ante tal invitación, Cuchuco de un salto metió la mitad de su cuerpo en el aposento. Al mismo tiempo el perrillo de don Manolo, amolado hasta el cabo, surcó el aire con la velocidad de un rayo. El múcaro detuvo su tonada. La noche se encharcó en la tragedia. El aire olía a sangre.

EL CAN SALVADOR

Hacía ya largos meses que Goyito el Mellao, venía espiando todos los movimientos de Cristóbal Gallego. Él sabía que, en algún lugar en el cerro, detrás de la casa, el viejo enterraba su dinero. El hombre, después de la invasión del noventa y ocho, sentía inquina, aversión por los anglosajones. Tenía que aceptar su moneda, porque no le quedaba otro remedio, pero desconfiaba en el más amplio sentido de la palabra, de los nuevos administradores de la colonia. Él pensaba, que estos venían a saquear lo poco que quedaba en la isla. Aquellos malditos Yankees, de hablar diferente, no podían tener buenas intenciones con los puertorriqueños. Se le notaba en su mirar. Lo único que sabían hacer era dar órdenes que nadie entendía. Por lo tanto, el viejo escondía sus chavitos en algún lugar en el monte, ya que pensaba que los invasores, en cualquier momento, le podían allanar la casa y robárselo. Y lo que a uno le cuesta tanto trabajo y sacrificio obtener, tiene que, de alguna forma, protegerlo. Así que, escondido lejos de la casa, él pensaba, estaba más seguro su dinerito. Lo que no podía pasar por su mente, es que alguien lo estuviese velando, para en un momento dado, quitarle los ahorros de toda su vida.

Aquella madrugada de diciembre, de aquel cierzo invernal lajeño, desde bien temprano Goyito el Mellao, acompañado de su perro sato, se encontraba apostado encima de la laja, detrás del palo de Ceiba. Era un can bastante viejo, sumamente manso, que diariamente se daba la vuelta por la casa de don Cristóbal y éste siempre lo trataba con cariño y le daba algo de comer. Goyito pensaba que como don Cristóbal no iba a la iglesia, el día domingo sería perfecto para meterse al monte, a esconder sus ahorros. Así que, desde lo alto de la laja, Goyito oteaba el trillo que conducía de la casa de don Cristóbal hasta monte adentro. El futuro ladrón entendía que todo era cuestión de tiempo y un poco de paciencia. Aquella gélida mañana, el infeliz muchacho, con unos pantalones cortos y una camiseta muy poco cubridora, temblaba como una gelatina, mientras esperaba pacientemente por la presencia de su víctima.

Su único consuelo era que tarde o temprano, algo tenía que suceder y él quería ser el protagonista principal de los hechos. De pronto, no muy lejos, se escuchó el resquebrar de ramas secas en el monte y el aletear de las asustadas torcaces. Goyito paró el oído y aguzó la vista, el perro gruñó. El turpial, detuvo su bello trinar, como presintiendo el momento de tensión. Minutos más tarde, el ladronzuelo percibe el sonido seco que produce la pala, al contacto con la tierra. Se alejó unos cuantos metros del lugar, para sentirse más protegido. Él pensaba que don Cristóbal, sin duda, estaría armado y cualquier error de cálculo podía ser fatal y no había que arriesgarse. Después de todo, Goyito no necesitaba ver, ya él sabía dónde tenía que buscar. Todo era cuestión, de que una vez que el viejo se marchara, dirigirse al sitio de dónde provenía el ruido, mirar donde estaba la tierra removida y la botijuela cambiaba de dueño. Así que, como medida de seguridad, decidió retirase un tanto más.

Por estas cosas de la naturaleza, que tal vez no tienen explicación, la suave, pero fría brisa mañanera en aquel monte lajeño, cambió de dirección y el perro percibió el peculiar olor de don Cristóbal, lo reconoció, agitó su cola y corrió hacia su encuentro. Tomado por sorpresa, el susto que se llevó el hombre fue tan abrumador, que casi le da un infarto. Pero al ver que se trata del perro del Goyito, que viene hacia él meneándole la colita, recuperó su compostura. Se tranquilizó, le hizo una caricia y como impulsado por un resorte, llega a su mente la idea, de que el animal no anda solo. En algún lugar no muy lejos de allí, tiene que estar Goyito. Sacó su arma y se dio una vuelta por la periferia. Sopeteó dos tiros al aire, pero el astuto Goyito, tan pronto el perro arrancó en dirección al viejo, puso pies en polvorosa y se desapareció del panorama.

¿Quién podía pensar que la fidelidad de un perro era una compartida? Sin duda, el mejor amigo del hombre siempre responde a quienes lo tratan bien.

Don Cristóbal Gallego desenterró la botijuela y se regresó a su casa con su potosí, seguido del can salvador. Tan pronto llegó, le prendió una cadena al cuello del perro, le hizo una jaula y le puso comida y agua. El feliz amigo, cambiaba de dueño. Acto seguido, amoló hasta el cabo el perrillo de talar maleza y se dirigió decidido a la casa de Goyito. Al llegar raspó el machete cuatro veces en las piedras, frente a la era del tunante, éste, ante la amenaza que se aproximaba, se tiró por la puerta trasera, que parecía una liebre huyéndole a la jauría. Se perdió por entre los matorrales.

Lo último que se supo de él fue que lo vieron frente al aeropuerto pidiendo limosna, para poder comprar el pasaje y largarse el norte.

MONCHO LEÑA

Esa tarde, mientas Moncho Leña se daba la cervecita en el ventorrillo de Rate el Cojo, le cruzó por la mente una idea, que quizás con un poco de suerte, astucia, tenacidad y testigos, podía funcionar. Esa noche, antes de que Rate cerrara el negocio, le compró una cerveza Real sin abrir. Se la llevó a su casa y poco a poco, con la punta de un picador de hielo, logró quitarle la tapa, se tiró al patio y agarró un grillo, lo mató con un poco de agua hirviendo y lo introdujo en la botella, la selló bien selladita nuevamente y la guardó.

Al día siguiente se acercó por la puerta trasera del negocio de Rate el Cojo. Lo llamó al patio, le explicó su plan y le dio a guardar la botella en la nevera. El plan era que a la señal indicada, Rate le diera la botella con el grillo adentro. En ese momento en el negocio estaban rasgueando la guitarra, improvisando décimas y dándose la fría Chucho el Roto, Jacinto Cachipa y José Cucurucho. Moncho Leña entró, los saludó efusivamente y los invitó a una cerveza. Ellos aceptaron y comenzaron a compartir amenamente. Después de un buen rato de sana camaradería, Moncho pidió una ronda de cervezas y le hizo la señal a Rate. Éste las sirvió y le entregó la cerveza engrillada a Moncho Leña. El hombre apuró el primer sorbo y al sentir las patas del grillo en sus labios, arrojó el buche de cerveza que tenía en su boca, sobre el mostrador; los demás asombrados se le quedaron mirando. Allí todos pudieron observar que había un grillo muerto dentro de la botella. Ya la primera fase del plan de Moncho estaba dada, había cuatro personas allí, físicamente presentes, al momento del suceso. Todo era cuestión de convencer a sus amigos de jarana, para que le sirvieran de testigos, de lo cual fue muy fácil convencerlos. Ahora a buscar un abogado medio tramposo, que se preste para estos casos y a poner una demanda, en contra de la Cervecería Real. No fue difícil encontrarlo. Con Chucho, Jacinto y José de testigos y Rate también a su favor, la cosa se veía bastante bien. El único problema era que el abogado no trabaja de gratis, por lo tanto, había que pagarle doscientos cincuenta pesos por preparar la demanda y radicarla en la corte, más una tercera parte, si el juez adjudicaba el caso a su favor. ¿Pero de dónde el infeliz de Moncho Leña, iba a sacar doscientos cincuenta pesos en ese momento? Con aquella pelambrera que lo agobiaba, el pobre diablo no tenía ni donde caerse muerto. No podía vender la vaca, porque no iba a dejar a los nenes sin leche. Así que vendió la puerca y unas pocas de gallinas, que a duras penas le produjeron cincuenta pasos.

El abogado al percatarse de la situación, como no quería perder a su cliente, ni sus doscientos cincuentas machacantes, el muy astuto, los reunió a todos en su oficina, y los aconsejó que cada uno consiguiera cincuenta pesos de la manera que fuera, porque a la larga iban a tener más. Ellos, con el entusiasmo, creyeron en las palabras del avariento leguleyo y pidiendo prestado por aquí y vendiendo cositas por allá, lograron reunir el dinero y se radicó la demanda en contra de la Cervecería Real.

Llegó el momento en corte y Moncho Leña y sus cuatro compinches, uno por uno, fueron sentados en el banquillo de los testigos y todos dieron exactamente la misma versión. Fueron contrainterrogados por una batería de cuatro abogados, especializados en estos casos, traídos directamente de un bufete de San Juan. Una vez terminado el intenso interrogatorio, la defensa arguyó que la botella había sido destapada y que, al momento del supuesto suceso, el demandante y los testigos hacía par de horas que estaban bebiendo, por lo tanto, no estaban totalmente conscientes y posiblemente Rate el Cojo, el dueño del cafetín, deliberadamente pudo haber introducido el grillo en la botella, con el único propósito de crear precisamente y de forma frívola y mal intencionada dicha demanda.

Procedieron entonces a presentar, por medio de documentos, el riguroso proceso de control de calidad, antes, durante y después del proceso de envasar el producto, enfatizando en el sistema de filtración por donde se destilaba la cerveza, y el estricto procedimiento de esterilización de las botellas, donde era imposible que un insecto pudiera colarse. Aclararon que, si la botella hubiese sido presentada en corte con la chapa sin el menor signo de alteración, entonces el demandante habría tenido la evidencia fehaciente para probar su caso. Pero al no ser así, esta demanda resultaba frívola e insustancial.

Ante tales argumentos por parte de la defensa, la corte no tuvo más remedio que dictar sentencia a favor de la parte demandada. Moncho Leña y sus testigos salieron de allí, como un perro miedoso: con el rabo entre las patas y algunos de ellos, con una deuda en las costillas. El único que salió sin preocupación alguna fue el abogado, que se echó al bolsillo doscientos cincuenta pesos.

Pero Moncho Leña, un jíbaro aguzao como él, no se iba a dejar derrotar tan fácilmente. Tan pronto se recuperó un poco económicamente, comenzó a comprar cervezas con su tapa y muy tranquilamente en el seno de su hogar, empezó a practicar a destaparlas y a volver a sellarlas, sin que se notara ningún tipo de alteración. Estuvo año y medio intentándolo hasta que por fin creyó haber perfeccionado su truco. También ahorró suficiente dinero, para lanzarse solo en la empresa.

Aquella mañana entró a la oficina del abogado, con doscientos cincuenta pesos en el bolsillo, una sonrisa de oreja a oreja y una botella de cerveza Real selladita y con una cucaracha adentro. El abogado sostuvo la botella en sus manos, miró detenidamente a Moncho Leña, que sentado frente a él, lo miraba plácidamente, observó bien la chapa y todo le pareció normal. Sacó una lupa de la gaveta de su escritorio y escudriñó visualmente la chapa y la botella con el cristal de aumento, y no vio ningún signo de rasguño o alteración en la misma. No satisfecho, se fueron al laboratorio de la esquina y a través de un microscopio, pudieron determinar que la chapa no presentaba absolutamente signo alguno de haber sido alterada.

Ésta vez, bajo un contrato igual al anterior, se radicó una nueva demanda.

En la corte, bajo juramento y ante el mismo bufete de abogados del caso anterior, Moncho Leña expuso los detalles de cómo, cuándo y dónde adquirió la cerveza. Al preguntársele si tenía testigos que pudieran corroborar su versión, éste contestó que su único testigo era la botella misma, totalmente sellada. En este caso, la defensa traía consigo a un perito en el arte de fraudes de ésta índole, que luego de examinar exhaustivamente la botella con un método convencional y encontrarla aceptable, procedió a usar un microscopio. El experto determinó que la botella no presentaba señales de haber sido violada por mano alguna. Ante tal determinación la defensa concluyó que, aunque no entendían cómo dicha cucaracha pudo haber caído dentro de la botella, ellos aceptaban la conclusión del perito.

Para cerrar el caso, como argumento final, la defensa trajo a colación una teoría totalmente distinta al caso anterior, donde explicó detalladamente que, como la botella no había sido abierta, por consiguiente, el que una cucaracha estuviese adentro no representaba daño alguno a nadie. Que si, por el contrario, la misma hubiese estado abierta y la cucaracha muerta se hubiera introducido en la boca del demandante, y éste, como consecuencia de dicho acto, hubiese tenido que ser asistido en alguna institución médica, o psicológica, entonces habría base para reclamar daños físicos o emocionales. Un tecnicismo legal muy bien orquestado por la defensa, que sin duda echaba por el suelo las ilusiones de Moncho Leña, que en ese momento sudaba copiosamente. La defensa argumentó entonces, que la única solución viable en este caso, era que el demandante, devolviera la botella donde la compró, para que se la cambiaran por otra. Ante los lógicos razonamientos de los abogados de la defensa, el juez de turno no tuvo más remedio que adjudicar el caso a favor de la parte demandada, ordenando al demandante a que fuese al establecimiento donde compró la cerveza para que se la cambiaran.

Así se cerró esta página en la historia de nuestro soñador y querido amigo Moncho Leña que, queriéndose pasar de listo, no pensó que en el mundo de las leyes había más listos que él. El pobre hombre, en sus sueños y anhelos por mejorar su precaria situación económica, en ambas ocasiones se tiró a la calle a buscar lana, pero lamentablemente regresó esquilado.

❧

QUE SALGAN PRONTO

El viejo Nicomedes odiaba ir al médico. Para él, estar por horas metido en un consultorio médico, era casi peor que la misma enfermedad que lo agobiaba. Aquello lo irritaba, lo ponía de un humor insoportable. Lo sacaba de sus casillas y lo enviaba a un mundo de tensión y amargura. Por eso, cuando él iba a ver a un médico, o, mejor dicho, a que un médico lo viera a él, tenía que ser algún caso extremo, como el de esta vez. Aquella llaguita que tenía en la región izquierda de sus partes pudendas, lo estaba volviendo loco. Ya casi no podía caminar con el ardor y el escozor que le producía la maldita laceración. Y la llaga seguía creciendo y los remedios caseros no daban resultado.

Esa mañana, se dio un chofito lo mejor que pudo, siempre tratando de no mojarse mucho la llaguita, que ya la tenía como un medio peso y si le caía jabón en ella, veía las estrellas y las maldiciones iban a pasar del cielo. Al hombre le daban esos arranques de maldecir, y Dios era siempre el primero en su lista. Y de Dios para abajo, no se escapaba ni su propia madre.

El carro público fue a buscarlo a su propia casa y lo dejó en la misma puerta del consultorio. Entró arrastrando la pierna, evitando que, con el movimiento y el rose, se le pelara más el área. Dio los buenos días y como pudo, se acomodó en una silla. Ahora, a esperar. En eso salió una señora del consultorio y al despedirse dijo, ¡Que salgan pronto! Don Nico se le quedó mirando, pero se quedó callado. Buscando algo en que entretenerse, miró hacia la mesita de las revistas, que ya no tenían ni portada y cuando las vio por dentro, pudo observar que eran las mismas que, hacía cinco años, él ya había visto en la última visita que hizo a esa misma oficina. Volvió a salir otra persona y repitió las mismas palabras de la anterior, "que salgan pronto". Don Nico cerró los ojos, respiró profundo, apretó los dientes y se mantuvo en silencio. El hombre ya se estaba atribulando por la larga espera y por la forma de despedida de las personas al salir de la oficina.

Pero lo más que le causaba aversión, dada su seriedad y recato, era tener que bajarse los pantalones y enseñarle al doctor aquellos calzoncillos anchos, amarillos, de florecitas rojas que su mujer le había regalado en su cumpleaños. Peor aún, el tener que enseñarle sus partes íntimas, privadas, a otro hombre, que en cuanto le viera aquel enorme chancro, forrado con los polvos maja que su mujer le había aplicado, él estaba seguro que el doctor le iba a decir que esos polvos son para las mujeres ponérselos en las tetas, no en las verijas de un hombre. Que esos polvos allí se le salcochaban, y se le convertían en rollitos, que parecían guanimes en miniatura.

Ya para ese momento el viejo sudaba copiosamente, pensando que no sólo iba a salir mal de la llaguita, pero que también con el regaño que le esperaba, se le iba a arrastrar la cara de vergüenza. Estaba a punto de un maniguetazo más y reventaba. Y no se hizo esperar, se abrió la puerta de la oficina y sale una vieja contentísima y dice, "que salgan pronto," ahora sí que cantó el gallo. Aquel hombre se puso de pie y sin confesarse con nadie, arremetió a viva voz contra la pobre señora: "¿Coño, es que a ustedes lo único que les importa es salir pronto, es que salir bien no tiene importancia para nadie? ¿Por qué carajo no dice que salgan bien, aunque salgan tarde? Aquí lo verdaderamente valioso es salir bien, la espera es inevitable. Esta

es otra de las razones por las que yo odio venir al médico."
Entonces, dirigiéndose a los presentes les dice: "¡No me miren así! Ustedes saben que es verdad, y los que no me crean, presten atención a los que se despiden y verán que tengo razón." Algunos se sonreían y bajaban la cabeza, la secretaria estaba muda, a una señora se le cayó la revista Vanidades que estaba leyendo. Y los demás hombres allí presentes, no se atrevieron a enfrentársele. En eso se abrió la puerta del consultorio y salió un viejo apoyado en su bastón, se paró en medio de la sala y dijo: "Que salgan pronto".

MOVIDA DESHONESTA

Quien pierde la honestidad no tiene ya más que perder.

John Lily

Hacía aproximadamente año y medio que Moncho había regresado de los Estados Unidos. Esta vez con la clara intención de quedarse de forma definitiva en Puerto Rico. Por cuestiones económicas no había podido comprarse un cacharrito que lo moviera de un lado a otro, pero usaba el de su hermana, un Ford Galaxy. Aquella tarde de agosto, serían más o menos las cinco, cuando Moncho se encontraba manejando de Lajas hacia el Centro Médico de Mayagüez para visitar a su adorada madre que se encontraba recluida en dicha institución médica.

A la altura de la carretera número dos, frente a la Urbanización Sultana, casi llegando al semáforo de la intersección con la vía de rodaje 114, al otro lado de la carretera, por la acera, iba ejercitándose, es decir, trotando, una dama de unas protuberancias bastante bien formadas en su parte inferior, pero de un busto exageradamente fuera de proporciones. Eran precisamente sus dos enormes guanábanas, las que llamaban la atención de todo el que la veía. Frente a Moncho, iba un joven en un carrito un tanto viejo, botando humo, pero que se veía bien limpiecito y brilladitó, con gomas lustradas, aros de magnesio, y una banderita de Puerto Rico adherida al lado izquierdo del cristal trasero. En fin, el fotinguito se veía bastante bien cuidado en su exterior.

El automóvil que marchaba delante de la carcachita del muchacho redujo la velocidad, tal vez con la intención de observar más detenidamente a la fémina. Eso provocó que el joven frente a Moncho redujera abruptamente la marcha. Moncho, ante lo maravilloso de aquel inocente, pero provocativo espectáculo, se entretuvo viendo cómo la dama, en vez de correr más rápido hacia adelante, debido al peso de aquellas dos gigantescas calabazas, daba saltitos que la hacían parecer una bailarina de ballet. Cuando el pobre Moncho se percató del inminente choque, puso el freno y giró hacia la derecha, pero ya era un poco tarde. Terminó con su frente metido en el trasero del muchacho. El choque fue leve, pero como el carro de Moncho era más grande, más pesado, y de carrocería más fuerte, con el impacto, le hizo una abolladura como de un pie de largo y un roto del tamaño de una toronja en el guardafangos del lado trasero derecho.

Daba la impresión, de que el Toyotita del tunante muchachito, había sido reparado de hojalatería y en ese lado todo era bondo. Cuando Moncho vio aquel boquete, con aquella abolladura, inmediatamente apagó el motor de su auto, y salió. Caminó rápidamente y con sus nalgas tapó el defecto en el fotingo del joven. Éste salió un tanto alterado de su cachimbo con amenazas de pelear, pero Moncho le hizo frente, se le puso serio, y el manganzón bajó la guardia. Moncho lo tranquilizó. Le indicó que a ninguno de los carros le pasó nada, y que esto le pasaba a cualquiera. Que la única culpable era la señora tetona, que seguía tranquilamente corriendo por la acera, al otro lado de la avenida. El muchacho se echó a reír, allí Moncho tomó control de la situación, y sin moverse de su sitio, ni dejar hablar al chico, le pidió que mirara su carro por debajo por si veía algún defecto. El muchacho se arrodilló, miró detenidamente, pero no encontró nada anormal. Sin darle oportunidad, Moncho le dijo que como su caro era de cambios manuales, en ocasiones como esta era la transmisión la que sufría los daños, que se montara y activara los cambios para ver si accionaban bien. El tipo, ya tranquilo, se montó, activó los cambios, y comprobó que todo estaba bien.

Ya para ese entonces Moncho estaba parado frente a él, con sus dos manos sobre la puerta ya cerrada, para impedirle que volviera a salir. Le dio una palmadita en el hombro, se disculpó y lo observó mientras se alejaba.

Moncho abordó su máquina y tres semáforos más adelante entró al estacionamiento del Centro Médico, imaginándose la reacción del tipo cuando descubriera el boquete en su carro. Entonces sí, que si lo agarra lo mata. Todavía estará echando maldiciones. A lo mejor algún día el incauto lee este cuento, se recordará del acontecimiento y se dará por aludido. Entonces buscará al astuto Moncho para ver cómo se las puede cobrar.

LA VENGANZA

A secreto agravio, secreta venganza.
Pedro Calderón de la Barca
1613

Leocadio, bajo el intenso frío de aquel cierzo invernal, escondido detrás de los densos arbustos del parque, esperaba. Él sabía que el otro pasaría por allí en cualquier momento. Entonces, de un golpe, haría lo que por tanto tiempo venía planificando. Tenía el negro manto de la noche a su favor, y las nubes seguían arrojando nieve que el viento iba amontonando en las esquinas. No podía pasar de esa noche. Las palabras hirientes que ocasionalmente ella le profería, -flojo, poco hombre- le remachaban su cerebro y a él le dolía, le fastidiaba el insulto. Por eso seguía esperando para acabar con ese momento de odio que le hacía hervir la sangre. La negrura de la noche, y el factor sorpresa le daban el valor que nunca había tenido para enfrentársele cara a cara al otro. Y tenía que ser así. El otro era más fuerte, más arriesgado, de mayor temple varonil, por lo tanto, el ataque por sorpresa era la única ventaja de Leocadio.

El frío le calaba los huesos hasta el tuétano, pero el calor del coraje y el odio que sentía, lo mantenían resistiendo–con los sentimientos de un hombre no se juega.

Así pensaba mientras recordaba la noche que encontró a su mujer en su propia cama, entre sábanas limpias, acariciándose lascivamente con el tal amigo. Si no hizo nada aquella noche, fue porque él sabía que el otro lo dominaría, y no podía tolerar una doble humillación, delante de ella, en su propia casa, en su mismo cuarto. Pero su venganza llegaría.

Una capucha le protegía el rostro de la gélida noche y al mismo tiempo lo cubría, en caso de que algo saliera mal. Un perro realengo merodeaba por el área buscando un lugar dónde protegerse. Arriba, en el árbol desnudo, los cuervos pegados cuerpo con cuerpo se calentaban entre sí. De vez en cuando el viento arreciaba y la nieve acumulada en los techos se deslizaba hacia las aceras. Todo era soledad y silencio. El alumbrado eléctrico en las esquinas era opaco, triste como una noche de tragedia. No había un alma en la calle.

En la distancia, la silueta de un hombre se abría paso lentamente en la espesa nieve. Los nervios de Leocadio se crisparon, se estremecieron, le quitaron el frío. Apretó el cabo del puñal y respiró profundamente. Pronto acabaría todo.

El otro, con ambas manos metidas en los bolsillos del abrigo, seguía acercándose. Iba a encontrarse con ella, que sin duda entre sábanas limpias lo esperaba con ansias. Cuando llegó a la esquina, el perro se le acercó. Al sentir la presencia del canino, el hombre se detuvo, le hizo una caricia y pronunció algo que Leocadio no pudo entender. El perro meneó la cola y siguió caminando a su lado.

El corazón bombeaba la sangre como río crecido que serpenteaba a torrentes por las venas de Leocadio. El viento ululaba en las deshojadas ramas y los copos de nieve seguían cubriéndolo todo. El otro hizo su entrada al parque acompañado del sato. Unos cuantos pasos más y a la mañana siguiente, las autoridades encontrarían un cuerpo sin vida congelado en el parque.

Leocadio volvió a apretar el puñal. Trémulo, pero decidido, se mordió los labios y se lanzó al ataque. El perro emitió un ladrido. El otro levantó la cabeza y vio al agresor que avanzaba. Sacó la mano derecha de su abrigo y con ella la pistola. Sonó un disparo, el impacto retumbó en los oídos del perro, que huyó despavorido. Los cuervos graznaron y volaron asustados. Leocadio se estremeció y cayó. El otro, ajeno a quién pudo haber sido su agresor, corrió de regreso y se alejó del lugar. El silencio volvió a reinar en el parque. La nieve pronto cubriría el cuerpo del despechado. Ella, entre sábanas limpias, esperaba.

MALA NOCHEBUENA

La tarde se sentía fresca, la brisa navideña se balanceaba de rama en rama haciendo bailar las hojas del quenepo. Entonces llegó Pablo con una soguita en sus manos. Entró al corral, buscó el más apropiado y se lo llevó.

-¿Para dónde lo lleva?- Le preguntó Marrano al viejo Porcino.

-Es el destino final de todos nosotros-, le contestó el viejo.

-¿A qué te refieres?- Inquirió Marrano.

Porcino lo miró, se fue a la esquina del corral, se metió en la pileta, se dio un baño de lodo y con voz temblorosa le dijo: hijo, debes tener cuidado, especialmente durante las navidades. Como has podido observar, siempre para esta época aparece por ahí Pablo, el carnicero de Cotuí, con una soguita en sus manos, escoge a uno de los más flacos, que no tenga mucha manteca, y resulte fácil de asar. Le amarra las patas traseras, lo arrastra hasta la rama del quenepo, lo cuelga de cabeza y a son de chillidos con una daga bien amolada se la mete hasta el corazón. En una palangana recoge toda la sangre. Una vez muerto lo tira en una mesa y con agua hirviendo lo baña para ablandarle el pellejo y afeitarlo. Una vez pelado, le abre la barriga y le saca las tripas. A estas las agarra con una mano y con la otra, las exprime halando hacia abajo y le saca toda la ñoña. Las vira al revés y las lava con agua y jabón. Luego las llena con la sangre del mismo cerdo y prepara un embutido que se llama morcilla. El corazón, hígado y demás bofes, todo ese conjunto de asaduras, las pica en pequeños pedazos, las aderaza con papas y arroz, y confecciona un plato llamado gandinga. Luego con la misma daga, le hace cuchucientos rotos en el cuerpo del infortunado, que lo deja como un colador. Poco a poco se los llena con sal, ajo, orégano y pimienta y todo aquello que lo ayude a darle mejor sabor. Después lo acomoda en una yagua, le mete un palo largo por el joyete, que se lo saca por la boca. Lo amarra con alambre y ahí lo deja hasta el día siguiente. Temprano en la madrugada, prende el carbón, engancha la vara en dos horquetas sobre las brasas y mientras se agila el traguito de ron cañita, le da vueltas hasta que lo marea. No conforme con todo eso, tan pronto queda bien asadito, vuelve y lo pone sobre la misma mesa en que lo peló, y con una mocha lo pica en cantitos. Para finalizar, entre toda la familia se lo comen, hasta dejar solo los huesos.

Hijo mío, ese es el destino de todos los puercos, así que cuídate mucho.

La misma tarde que Pablo fue a buscar un cerdo al corral de Porcino, Marrano se escapó, con tan mala suerte que, en su desenfrenada huida, chocó con el carnicero. Éste lo agarró, le amarró las patas traseras, y lo arrastró hasta el quenepo.

LA LANGOSTA

Un veinte de marzo de 1963, Porfirio emigró a los Estados Unidos. Todo con el propósito de mejorar su situación económica y a la vez poder ayudar a su familia enviando algún dinerito de vez en cuando. Aterrizó en el aeropuerto de Filadelfia y de allí se dirigió a la ciudad de Camden en el estado de Nueva Jersey. Tres días después se encontraba con un uniforme y gorro blanco, echando platos sucios por un extremo de una máquina lavadora de platos y sacándolos limpios por el otro lado. Así de la noche a la mañana se había convertido en lavaplatos. Por suerte allí hizo una gran amistad con un cocinero de la raza negra que respondía al nombre de Leroy. Éste quería aprender a hablar español y Porfirio aprovechó para aprender su poquito de inglés. Pasó unos cuantos meses aprendiendo inglés y enseñando español, al tiempo que lavaba los platos. Meses después Porfirio consiguió un empleo con una compañía de limpiar patios y cambió la lavadora por una cortadora de grama. De allí, buscando siempre a mejorar su situación económica, pasó a trabajar en una carnicería y se convirtió en descuartizador.

Pasaron unos cinco años, sin saber del paradero de su amigo Leroy. Una tarde de crudo invierno, mientras Porfirio viajaba por la ruta setenta y tres, le picó el hambre y se detuvo a comer en un pequeño restaurante, donde según el rótulo de promoción, se servían mariscos frescos. El lugar era bastante pequeño, solo había cuatro mesitas de dos sillas cada una. No bien Porfirio se sentó, cuando escuchó a sus espaldas… ¡Porfirio my amigo! ¿Cómo está? Era Leroy, en su propio negocio, con su uniforme y gorro blanco. Se dieron un fuerte abrazo en testimonio de su sincera amistad y comenzaron a platicar en ambos idiomas. Leroy aún masticaba muy poco el español, pero Porfirio ya digería bastante bien el idioma anglosajón.

En el mismo saloncito comedor, cerca de la puerta de la cocina, había una pecera bastante grande, donde se exhibían aproximadamente una docena de langostas vivas, para que el cliente escogiera la que quisiera, y se le cocinaba fresquecita. En eso, entraron dos clientes y escogieron dos langostas preciosas, las más lindas de la pecera. Leroy, con unas tenazas largas, las extrajo del fondo, las echó en un canasto de mimbre con su respectiva tapa e invitó a Porfirio a pasar a la cocina con él, para continuar con su plática mientras preparaba las langostas.

Una vez en la cocina, Leroy sacó las langostas vivas del canasto de mimbre y las metió en otra pecera que tenía en la cocina. Procedió entonces a sacar de la nevera dos colas de langostas congeladas y las preparó. Porfirio no salía de su asombro al ver lo que estaba sucediendo ante sus ojos. Aquello era increíble. Leroy miraba a Porfirio y se reía. Entonces le dijo, "my amigo, business is business, live lobsters are too expensive, sorry it has to be this way".

Una vez pasada la impresión, Porfirio comentó: "yo también quiero langosta, ¿Tú vas a hacer lo mismo conmigo?"

Leroy, sin dejar de reírse, extrajo una de la pecera, la arrojó al agua hirviendo y le confeccionó un plato exquisito.

EL ÚLTIMO DINOSAURIO

El resoplido fue espantoso, retumbó en toda la Sierra. Repuliano reculó. Ante tal asombro, la sangre se le congeló en las venas. El gigantesco dinosaurio parecía haber despertado de mal humor y con hambre. La prehistórica bestia alcanzó a ver a Repuliano, y le lanzó un bufido, y su fétido aliento, al alcanzarlo, lo sacó de su letargo. El hombre, aún asustado, dio media vuelta y para no convertirse en el almuerzo de la bestia, emprendió veloz carrera. Pero una zancada del dinosaurio equivalía a veinte pasos del infortunado. Las pezuñas del animal, en su desenfrenada carrera por atrapar a su víctima, levantaban las piedras y las hacían volar como hojas secas. Los árboles eran arrancados de sus raíces, y según caían, la bestia le ramoneaba las ramas. La tierra temblaba, y toda la Sierra se estremecía ante la violenta envestida del enorme animal. Los pájaros, en desbandada se remontaban a las alturas. Los animales terreros que no podían escapar, eran triturados por los molares del furioso animal.

Repuliano, por más que corría, no parecía ganar terreno, y ya se encontraba a medio paso de distancia del hocico del hambriento dinosaurio. El hombre miró hacia atrás y vio que las fauces de la bestia se abrieron para engullirlo. En su desesperación, al verse perdido, dio un repentino viraje y antes de que la bestia lo partiera en dos, se lanzó dentro de su boca, y continuó deslizándose por el gaznate hasta acuatizar en su estómago. Ahora se encontraba en un lago de ácido caliente y pestilente. En una oscuridad absoluta, donde solo se escuchaban caer pedazos de animales descuartizados.

Con vida aun, encendió un fósforo para orientarse y determinar en qué dirección nadar si quería salvar su vida. Cuando la llama hizo contacto con los gases en el estómago del gigantesco reptil, aquellas tripas reventaron con la furia de un volcán en erupción. La explosión fue tan contundente que Repuliano salió disparado por la puerta trasera del animal a una velocidad tal, que quedó encaramado en la cresta de una ceiba a cuatro quilómetros del lugar de la explosión

A más de trescientos pies de altura, en la cima de aquella ceiba, cubierta de espinas, desesperado, buscaba en su mente la forma de bajar por aquel espinoso tallo. Él sabía que jamás lo lograría. Ante la fetidez de sus ropas, las aves de rapiña ya lo estaban rondando. Solo le quedaba una opción, lanzarse sobre las enormes rocas que le estarían dando la última bienvenida. Desde la copa del árbol se divisaba el vasto horizonte. El sol se asomaba por entre las nubes, esperando la caída del infortunado Repuliano. Las copas de los demás árboles, se cubrieron de otras aves en espera del fatal desenlace.

Cuando se le agotaron las fuerzas, la única solución que la mente le produjo, fue lanzarse al vacío y acabar de forma rápida con su vida. Él no estaba dispuesto a morir destrozado por los picos de aquellas carroñeras aves. Bajaba vertiginosamente cuando sintió que unas enormes garras lo atraparon en pleno descenso y volvió a elevarse. Un enorme pájaro alado lo cargaba, quizás con la intención de llevarlo de alimento a sus crías. Sin duda su triste destino sería morir a picotazos. Y él no quería ser en vida alimento de otros. Después de muerto no le importaba, porque no sentiría nada. En su último intento por no ser devorado por polluelos hambrientos, encendió un fosforo y le pegó fuego a las plumas de las patas del gigantesco pajarraco. Ardiendo en llamas, la bestia alada abrió sus garras y lo soltó. Ahora bajaba en picada, pensando que pronto se estrellaría contra las rocas y todo acabaría.

Las cristalinas y frescas aguas de La Laguna Cartagena, le sirvieron de amortiguador. Nuevamente se había salvado. El enorme reptil, buscando agua para refrescar su estómago luego de la horrible explosión, tranquilamente llenaba su caldera a orillas de la Laguna. Cuando Repuliano emergió de las aguas y el dinosaurio lo reconoció, tal vez pensó que este lo iba a implosionar de nuevo y emprendió veloz carrera despeñándose por el farallón de Monte Grande. Así terminó la vida del último dinosaurio.

SIEMPRE REGRESAN

Tanto gato, y tanta gallina lo desesperan. No puede dar un solo paso dentro de la casa o en el patio, sin el peligro de parársele en la cola a alguno de ellos. Le arrullan los pies buscando cariño. Caminan dando traspiés, tambaleándose, porque nacen raquíticos, sin fuerza, desnutridos. El poco alimento no da para todos. Son solo una quilla de huesos y cuero forrado en pelo hirsuto, que se le desprende al más leve roce. Emitiendo un constante maullar de mendicidad, pesaroso, agobiante. Las gallinas controlan el área. Tan pronto algún mendrugo de pan les es arrojado a los gatos, las gallinas desenfrenadas se le lanzan encima y a picotazos se lo arrebatan. Los infelices felinos tienen sus hocicos y orejas sangrantes y en carne viva. Ellas le comen la comida y ellos ni se atreven acercarse al maíz de las voraces aves. Son demasiadas bocas que alimentar y el dinero de él también escasea. La muerte por desnutrición, casi diariamente cobra su cuota. Algunos gallos están tuertos, otros completamente ciegos, peleándose entre sí por la supremacía del gallinero. Las gallinas ponen más excrementos que huevos. Y cuando ponen un huevo, no tiene el brillo de un huevo saludable, su cascarón se ve opaco y astillado. Los pocos pollitos que nacen, tan pronto salen del cascarón, son invadidos por los piojillos que los acompañan por el resto de sus días. Los gatitos corren peor suerte, las acrobáticas pulgas les chupan la sangre hasta secarlos.

En cualquier momento en la noche, se escucha el ronroneo gatoril, como un pedido de clemencia que parece arrancado de una novela de misterio. Con aquellos dejos de tristeza que suenan como acordes de pena, abandono, lástima. El hambre y la miseria en esta colonia gatuna hacen estragos.

Temprano en la mañana, según se tiran del palo, la rumba bullanguera gallinesca, al son de su habitual cacareo cumbanchero, y el cántico tenórico del gallo, despliegan su talento de orquesta infantil y todo el barrio se despierta. Entonces, él se levanta, y les arroja algunos granos de arroz y la fiesta termina en un frenesí de picotazos.

Él, casi no sale al patio por temor de resbalar sobre las pestilentes heces fecales. Y el constante ataque de los piojillos y las pulgas que lo transportan a un estado de locura difícil de superar. El mal olor dentro y fuera de la casa lo malhumora al extremo de querer matarlos a todos. Pero quizás la conciencia le impide hacerlo. Optó entonces por llamar a un amigo y le regaló todas las gallinas. Más de dos horas estuvieron persiguiendo gallinas en el patio. Cuando por fin terminaron, se les podían notar las pinceladas con ñoña en todo su cuerpo. Ni se dieron la mano al despedirse. De esa manera resolvió la mitad del problema. ¿Ahora cómo deshacerse de los gatos? Nadie los quiere. Y son tantos, pasan de cuarenta. Y ellas siguen pariendo. Cada semana nacen dos o tres nuevos y esqueléticos vástagos mininos.

En una caja grande metió diez, les puso comida, la acomodó en la cajuela del automóvil y se los llevó. Cerca de un área residencial los soltó. Una cuarta parte de sus maullidos ya no se escucharían en las noches. Dos días después ejecutó la misma operación. Esta vez los abandonó en otro lugar. Otras dos ejecuciones similares y el hombre creyó haber resuelto su problema gatuno. Lavó su casa, regó insecticida, limpió el patio, realizó un gran trabajo de asepsia y, satisfecho con el resultado, descansó.

Temprano esa noche, el silencio nocturno solo era alterado por uno que otro coquí, llamando a un cariñito a su compañera coquía. Poco después, se escuchó el maullido quejumbroso de un gato. Luego dos maullidos, luego tres y la algarabía continuó aumentando. Cuando se levantó en la mañana, la mitad había regresado y por el camino venía otro grupo bajando. A eso del mediodía el sol quemaba la tierra y los felinos, aunque hambrientos, descansaban plácidamente bajo la sombra de un árbol. La alternativa de botarlos, no dio resultado.

Ayer pasé por su casa, y lo vi cavando un hoyo en la parte posterior del patio.

EL GUSANO

Durante la Semana Santa, específicamente el viernes, un grupo de amigos nos reuníamos en el barrio Llanos, para hacer nuestra caminata anual, al monte del Orégano. Éramos entre veinticinco y treinta personas, quienes religiosamente hacíamos este maravilloso peregrinaje, año tras año. No lo realizábamos por cuestiones religiosas, simplemente se escogió esa fecha, porque consideramos que era la más adecuada para todos los interesados.

Por lo tanto, desde el día anterior, comenzábamos con los preparativos para nuestro pasadía. Cada cual era responsable de llevar todo lo que fuera a consumir durante la travesía y el tiempo que permaneciésemos arriba en el monte. Tenía que ser así, porque una vez en la cima, nos quedábamos todo el día. El regreso, lo emprendíamos ya bien entrada la tarde.

Todos llevábamos agua, pero también traíamos emparedados, bacalaítos, sorullitos, frutas, galletitas, dulces y refrescos. La idea era pasarla bien, sin pasar hambre. Así que los bultos de espalda iban repletos de comida y regresaban llenos de basura porque nosotros no dejábamos nada que dañara el ambiente. Tampoco podían faltar unas cuantas cajitas de barajas, para jugar brisca. Incluíamos un botiquín de primeros auxilios, por si algún morón se daba su golpecito y el papel sanitario no podía faltar. Cada uno llevaba su rollito discretamente aplastadito en el bolsillo, porque si te daban ganas y tenías que pedir papel prestado, te delatabas tú mismo, entonces los demás te aguantaban, o te seguían y si eras débil de carácter, te lo hacías encima.

Por lo tanto, cuando la carga se te iba un tanto atrás, disimuladamente, te ibas alejando del grupo y detrás de alguna piedra, dejabas el depósito.

Ese día, a las siete de la mañana comenzamos a llegar y para las siete y media, ya el grupo estaba completo. La alegría era inmensa y el entusiasmo contagioso. Así que arrancamos desde el colmado Colín, en la carretera 101 hasta el camino de la Hacienda Resolución. Seguimos por todo ese camino de tierra, rodeado de cañas, entre bromas y chistes. Pasamos a orillas de la Laguna Cartagena, cruzamos los alambres de púas y nos internamos monte arriba. La algarabía generada era maravillosa. Unos a otros nos dábamos ánimo y el entusiasmo era cada vez mayor. Los que caminábamos un poco más rápido, nos deteníamos bajo alguna fronda, para tomar un breve descanso en lo que los más lentos, nos daban alcance. Una vez que empezamos el ascenso, nos tomó cerca de dos horas llegar hasta el tope, porque nos entreteníamos observando la flora y comentando sobre la misma. Vadeábamos las piedras y los arbustos espinosos, y nos divertíamos mirando la diversidad de pájaros que alegremente revoloteaban alrededor de nosotros. La astuta torcaz revoloteaba sobre una piedra haciéndose la herida, con el propósito de alejarnos de sus crías. El hermoso turpial, con su bella vestimenta de diferentes colores, anunciaba nuestra presencia. La algarabía pajaril con su argentino cántico bullanguero, era tan bulliciosa que no podíamos descifrar si nos estaban dando la bienvenida, o si simplemente nos estaban insultando, por nuestra atrevida intervención en su territorio.

Según ascendíamos, hacíamos pequeños altos bajo alguna sombra, para poder observar el siempre maravilloso Valle de Lajas, a nuestras espaldas. La Laguna Cartagena, reflejaba, con la hermosa transparencia de aquel claro día, sus bellos matices azul y verde que extasiaban la vista de quienes la observábamos. El rubio sol borincano parecía que bailaba sobre aquellas cristalinas y frescas aguas en constante movimiento. En fin, la naturaleza, en su inmensa bondad, nos estaba obsequiando, aquella encantadora y suave brisa de abril, alguna sombra para protegernos y el más bello espectáculo visual, de aquel exquisito paisaje lajeño que deleitaba nuestros jubilosos corazones. Entre risas, cantos y algarabía casi infantil, al fin llegamos. Una vez en la cima, entonces teníamos trescientos sesenta grados de vista panorámica, y el bermejizo viento, en su eufórica bienvenida, nos quería arrancar nuestros sombreros y elevarlos como chiringas. Nos acomodamos como pudimos debajo del tamarindo, abrimos los bultos y comenzó la comilona.

Yo llevaba una bolsa de guayabas, bastante maduras y cuando Magda las vio, inmediatamente se antojó de una. Fui hasta donde ella estaba sentada, abrí la bolsa y dejé que escogiera, agarró la más bonita, le mandó un mordisco de casi media guayaba, masticó, tragó y dijo; ¡qué ricas y dulces están! Entonces alguien del grupo gritó, ¡nena; chequéalas que tienen carne! Ella miró la guayaba detenidamente y con cara de asombro dijo, ¡huy que asco, tiene un gusano!, y la tiró al suelo. Todos comenzamos a vacilarla y a reírnos. Yo recogí la porción de la guayaba que ella arrojó, la observé y dije; ¡Magda, no es un gusano! Ella preguntó, ¿que no es un gusano, entonces qué es?, yo le contesté, aquí lo que yo veo, es medio gusano.

EL FUTURO CAPATAZ

Don Melchor Gasparengo, hacía bastantes años que había heredado de su padre la Hacienda La María Luisa. Ésta, en el pasado, gozaba de una buena reputación, gracias a su empleomanía y a la buena calidad de sus frutos. Últimamente la producción había bajado un tanto, debido a la vagancia y falta de interés, especialmente por parte de dos de sus empleados, que con su actitud desalentaban a los más comprometidos. Rufino Cantario y Chacho Morciglio. Estos dos individuos se estaban dedicando a la bebida y el cigarrillo en demasía, creando, por consiguiente, conflictos entre los demás compañeros. Además, de vez en cuando, sustraían alguna herramienta de la Hacienda y la vendían, haciendo más precaria la situación. Cuando faltaba algo, estos dos se acusaban entre sí, que casi se peleaban.

La situación llegó al extremo de que Rufino y Chacho se odiaban a tal grado, que en cualquier momento podía surgir una tragedia entre ellos.

La cosecha del café ya estaba próxima a comenzar, y Don Melchor sabía que, ante la situación imperante, la recogida del mismo podía culminar en un fracaso, si no se tomaban las medidas correctivas a tiempo. Adicional a todo eso, Don Melchor tenía planificado un viaje a Francia, en busca de un mejor mercado para su producto. Él entendía que si se marchaba y dejaba la situación como estaba, al garete, la cosecha se iba al piso. Pero si se quedaba, no podía conseguir el comprador idóneo que pagara lo que verdaderamente valía su café, que estaba considerado de primera.

Buscando cómo poder resolver la situación, de forma que resultara productiva, llamó a su capataz, el viejo Don Simplicio Berberecho, y le explicó detenidamente su plan de acción. Esa misma tarde, sin más dilación, le pidió a Don Simplicio, que se llegara hasta la casa de Rufino y le dijera a éste que viniera a casa del patrón para discutir un asunto muy importante. Cuando Rufino recibió la noticia, se puso pálido y las rodillas le temblaron. Él pensó, que por la forma como se estaba comportando, esta vez el patrón lo iba a despedir. Y si eso era así, se volvería loco, ¿dónde iba a conseguir un empleo para sobrevivir y mantener a los suyos? Allí fue cuando comenzó a comprender cuan amargo puede ser el sabor de estar sin trabajo, todo por su propia culpa. Esa tarde no pudo ni comer, el miedo y la desesperación se habían apoderado de su estómago y de todo su cuerpo. Ya picando el anochecer, se armó del poco valor que tenía y un tanto asustado arribó a la sala del patrón. Allí recibió un afectuoso saludo, un buen apretón de manos y una exquisita copa del mejor vino de la casa. El nerviosismo de Rufino era tanto, que el vino mezclado con sudor le corría por la barbilla y caía en gruesas gotas sobre su desteñida, pero limpia camisa. Don Melchor notó la debacle emocional de Rufino.

-Mira Rufino,- le dijo Don Melchor con voz pausada, te he llamado, para dejarte saber que próximamente voy a salir de viaje a Europa en busca de un mejor comprador para nuestro café. Esto significa que a mi regreso tendré más dinero para poder pagarles un mejor salario a todos ustedes. Pero para poder lograr una mejor y mayor productividad, necesito de hombres responsables y dedicados al trabajo como tú. Es por eso, que estoy considerando la idea, de que una vez que Don Simplicio renuncie, hacerte mi nuevo capataz. Tú muy bien sabes, que es un trabajo bastante serio y fuerte y ya Don Simplicio está un poco viejo para estas cosas. Así que dependiendo de cómo tú te comportes durante mi ausencia, será tu premio. No quiero que comentes esto que hemos hablado esta noche, absolutamente con nadie. Tampoco quiero que mientras yo esté fuera tú comiences a actuar como el capataz. Lo que yo pretendo de tí es que te comportes como el más abnegado de los empleados que, con todo tu esfuerzo y tesón, sientes el ejemplo en todos los demás. Te prohíbo dar órdenes a otros y menos a Chacho, ya cada cual sabe lo que tiene que hacer. Cuando estés delante de Chacho, ni lo mires ni le hables, duplica tus fuerzas y trabaja doble, de esta manera, cuando en un futuro próximo, él te vea montado en tu caballo, con tu nuevo capacete y látigo, sabrá que te lo ganaste con tu buen trabajo y fidelidad. En tu discreción y dedicación, está tu gran oportunidad, no la dejes perder.

Ya para entonces, Rufino, más tranquilo, había tomado posesión de sus nervios, no sudaba ni temblaba y parecía disfrutar y ser condueño de la situación. A la vuelta de Europa del patrón, Rufino Cantario sería convertido en capataz, montado en su corcel, cantaría como un ruiseñor por los atrechos, callejones y caminos de la Hacienda La María Luisa. Ahora, envalentonado, pensaba que una vez instalado en su nueva posición, todo le resultaría más fácil. No tendría que mover ni un pelo, todo sería cuestión de dar órdenes y sonar el látigo montado en su caballo, bajo una buena sombra.

Seis meses tardaría el patrón en regresar, serían seis meses de ardua e intensa labor, pero el sacrificio bien valía la pena. Después vendría el ocio con buena paga, para disfrutar desde el lomo del equino. Ya se veía sentado en el balcón de la casa del patrón, disfrutando de un buen puro y libando una exquisita copa de vino, traído de Francia.

A la tarde siguiente, Chacho Morciglio recibía el mensaje de que su patrón quería conversar con él esa misma noche. Esa tarde a Chacho le dieron diarreas de solo pensar que sería su último día en la hacienda. Él sabía que su patrón tarde o temprano se iba a cansar de sus robos, borracheras e impertinencias y que lo pondría de patitas en la calle. El infeliz se sentía tan indispuesto que, arropado por el pavor, al obscurecer, envió a su esposa excusándose de no poder asistir a la cita, por lo enfermo que estaba. Pero Don Melchor no creyó el cuento y se le apareció a la casa. Menuda sorpresa cuando desde el patio, aquella voz dio las buenas noches. El patrón entró a la sala sin que lo invitaran y se sentó en la punta del banco de madera, al otro extremo se podía escuchar el chasquido, producido por la temblequera de las rodillas de Chacho. Allí sin omitir nada, le dijo que estaba considerando la idea de convertirlo en su próximo capataz. Le cantó palabra por palabra, la misma información que la noche antes le había dicho a Rufino. Enfatizándole en el esfuerzo por un trabajo bien hecho, duplicar sus bríos ante la presencia de Rufino y sobre todo tener siempre la debida discreción. No permitir que los humos se le fueran a la cabeza durante los seis meses de ausencia del patrón. Ya finalizado el momento, Chacho, un tanto más relajado, lo invitó a una taza de café. Lo saborearon, se dieron un cálido apretón de manos y el patrón se despidió. Ahora Chacho era un nuevo hombre, el próximo y seguro capataz de La Hacienda La María Luisa. Ahora tendría la libertad y potestad de hacer lo que le viniera en gana, sin temor de que Rufino lo acusara. Sería la palabra de Rufino, o de cualquiera otro, contra la de él.

Don Melchor esperaba que su plan funcionara como él pensaba, que aquellos dos irresponsables individuos, en su euforia por alcanzar una mayor y mejor remunerada posición, por fin se dispusieran a trabajar con el sentido de responsabilidad que la situación ameritaba. Aquella fresca mañana, Don Melchor partió, lleno de esperanzas, rumbo a Europa. Si todo le salía como lo había planeado, su cosecha no se perdería y de seguro en el viejo continente obtendría un buen precio por su producto.

Seis meses de ardua e intensa labor, tesón, dedicación y esfuerzo de conjunto, lograron, no solo la mejor cosecha en toda la historia de la hacienda. La sola presencia de Rufino y Chacho en un mismo lugar, provocaba una hemorragia de fuerzas, que levantaba el más alto nivel de productividad jamás pensado.

Al regreso de Don Melchor Gasparengo de su viaje de negocios, la Hacienda parecía un espejo. No había un yerbajo, ni un arbusto malo en toda la finca. La plantación de café y demás frutos, era el ejemplo más digno a emular por parte de otros agricultores de la comarca. Todo era júbilo, alegría y la satisfacción y emoción de un trabajo bien realizado por parte de Rufino Y Chacho. Pero lo más que permeaba y retumbaba como las pisadas de un gigante en movimiento, en las mentes de los dos aspirantes a capataz era la pronta renuncia de Don Simplicio. La avaricia de ambos no les permitía imaginar, que todo había sido un ardid muy bien planificado por Don Melchor. El viejo capataz, estaba más duro que el ausubo y pasarían décadas antes de que el hombre se bajara del caballo, enganchara el látigo y por fin se retirara.

DESESPERANZA

Algo había muerto en cada uno de nosotros,
y este algo era la esperanza
Oscar Wilde

El impacto fue aterrador, el estruendo era comparable con el sonido de mil truenos reventando al unísono. Todo el edificio tembló. Los que estábamos de pie, caímos de bruces al suelo. Nos mirábamos unos a otros sin poder pronunciar palabra. Nuestras mentes quedaron en un vacío. Habíamos perdido todo el sentido de orientación. No había emociones, todo era caos y confusión. Algunas ventanas explotaban y enormes ráfagas de fuego se disparaban al exterior. Estábamos rodeados por un arrollador infierno, que crecía cada vez más. Alaridos de terror y llanto comenzaron a escucharse entre los atrapados. La gente de los pisos inferiores, ante el terror que produce la inminencia de la muerte, corría despavorida escaleras abajo buscando una salida. Saltando sobre los heridos que pedían ayuda sin que nadie se detuviera a socorrerlos. Cada cual luchaba por sí mismo. Para mayor sorpresa, la ola de humo y fuego seguía creciendo con más intensidad, invadiendo los pisos superiores. Obligaba a Pedro Luis y los demás atrapados a seguir subiendo en busca de protección. Pero hacia arriba solo hay un límite. Los que lograron llegar al techo, miraban hacia el cielo implorando piedad, pero aquel azul infinito se mostraba indiferente a todo ruego. La barca de la esperanza no bajaba a socorrerlos.

Una anciana, envuelta en llamas, perdida la fe, imploraba la muerte como alivio a su dolor, pero la piedad no estaba presente, o no escuchaba, el horrendo dolor de la infortunada le quemaba el alma. Lentamente la voz se fue apagando. El denso humo nos cegaba, nos cortaba la respiración, nos impedía avanzar. En nuestra suprema angustia, abríamos las ventanas para que el humo escapara hacia el exterior, pero era inútil. El sofocante calor que provocaba el siniestro contribuía más a la histeria. Algunos, con sus ropas y cabellos ardiendo, con voces ahogadas, imploraban misericordia, pero sus plegarias se perdían en la nada; como si no fueran escuchadas por quien debía bajar a socorrerlos.

Vi como Pedro Luis, en un momento de desesperación, corrió hacia la ventana y se lanzó al vacío, abrazando una esperanza. Al contacto con el pavimento, encontró la paz que lo impulsó a tirarse. Entonces el edificio volvió a temblar, los pisos colapsaban aplastando todo a su paso. Me sentí bajando en aquella masa de fuego, polvo, humo y escombros. En aquel ensordecedor y negro descenso, comprendí que implorar no era solución alguna y perdí toda esperanza.

SINCERIDAD MATRIMONIAL

> Exalta las virtudes de tu mujer y cierra
> un poco los ojos ante sus defectos.
> Mathew Prior.

Perico, al salir de su trabajo, se llegaba hasta el Sportsman, se atracaba par de cervecitas y luego con muy poco ánimo se iba para su casa. Una vez en casa, se quitaba los zapatos en la sala, los tiraba hacia el lado, se sentaba en su sillón reclinable, encendía el televisor y le pedía a Petunia que le diera una fría, por aquello de seguir entonando. Ella lo miraba de reojo, luego iba a la nevera y le traía la cerveza.

Él odiaba llegar a su casa y encontrarse con su mujer, parada frente al fregadero, vestida con aquella bata, mojada por los lados y el frente, con olor a grasa, según se secaba sus manos, que se le notaba el tenderete de pantaletas blancas, que le quitaban el deseo, por más excitado que llegara. A él le hubiese gustado verla siempre bien arregladita, con una faldita pegadita, un mahonsito apretadito, con una batita transparente bien clarita, que se le vieran unas pantisitas chiquititas, preferiblemente rojas, bien apretaditas, que reseñaran sus hermosas protuberancias todavía firmes. Pero, ¡qué va! no era así, al pobre hombre, el moco se le caía tan pronto la miraba. Y no crean ustedes que ella se sentía con mucho ánimo cuando él arribaba, claro que no. Con olor a cerveza y sudor, sin afeitar ni bañarse, la distancia era el mejor lugar en este caso. Ante esta situación, ambos disimuladamente se repelían.

Pero como todo, según tiene su origen y lugar, también tiene su momento de reflexión y solución. Aquel viernes en la tarde, el buen Perico, recibió su salario y después de atracarse unas cuantas cervezas, que le arrancaron de cuajo las inhibiciones y le produjeron el mareíto alucinante que lo transportó a los predios enajenantes del Dios Baco, se dirigió a la tienda de ropa femenina, y sin pensarlo mucho, con un gesto de macho lajeño, le compró todo aquello que él entendió necesario y pertinente, para vestir a su mujercita y enseñarle de una vez y por todas, las nuevas normas en su matrimonio.

Llegó, entró, llamó a su mujer y le dijo, -esto es para tí- y le entregó cuatro paquetes. Ella abrió el primero y al ver su contenido se asombró, se puso nerviosa, pero la curiosidad pudo más. Cuando vio mahones, blusas, zapatos, ropa íntima, perfumes y todo lo demás, por poco se desmaya. Entonces, haciendo un pequeño esfuerzo por controlar sus emociones, le preguntó ¿A qué se debe todo esto?

-¡Mujer!- le dijo él. -Hay veces, que yo ni quisiera llegar a esta casa, para no enfrentarme al abandono físico en que te encuentro en las tardes. Con esa asquerosa bata, toda mojada y esas malditas chanclas, haciendo clap, clap, que no te las he botado, por no escuchar tu boca. Además, esas greñas de puerco espín, y sin maquillaje, que te pareces a la loca de los Guzmán. Si me quieres ver llegar más temprano y prestarte atención, más vale que comiences a estar presentable en esta casa. Porque sencillamente no soporto como te ves.

Ella, un tanto más tranquila, le contestó: "pero hombre, si en la casa a mí me gusta estar cómoda. Y ropa es lo más que yo tengo. Lo que pasa es que yo me pongo bonita para salir".

-Ese es el problema contigo mujer, que te pones bien guapa y bien regia, para lucirle a cualquier pendejo en la calle, y a mí, que es a quién verdaderamente tienes que lucirle, como que no te importo. De hoy en adelante, cuando yo me presente ante ti, quiero verte tan hermosa y perfumada como cuando salimos a pasear.

Muy bien señor mío, muy bien, así será. Pero siéntate mi amor, que creo que yo también tengo algo que pedirte. Yo quiero que también, desde hoy en adelante, tan pronto entres por esa puerta, te dirijas al baño, te quites toda tu ropa allí, eches lo sucio en el cesto, guardes tus zapatos, te bañes si es preciso con una tusa, te perfumes, te laves bien esa boca, te la enjuagues con mucho Listerine, que a veces creo que te apesta más que el mismo culo. Y el dinero que tenías pensado gastar en tu última cerveza del día, lo utilices en unos chicles, que te ayudarían a mejorar bastante tu aliento. Que cuando quieras una cerveza, te levantes y la busques tú mismo y que tengas presente que tus derechos en esta casa, comienzan exactamente donde terminan tus obligaciones como hombre y como marido, por lo tanto, si fallas a una, no puedes exigir la otra. En palabras claras, que la mitad del trabajo que yo realizo aquí, te toca a ti, pero no te das cuenta. Fíjate que tú no eres el único proveedor en esta casa, porque yo trabajo afuera tanto como tú. Sin embargo, en los quehaceres del hogar, tú no mueves ni una uña y yo me jodo como una esclava.

El hombre bajó la cabeza y se arrepintió de haber cucado el avispero, ahora era preciso aguantar el aguijón. Quizás la actitud de ella respondía al abandono personal de él y la poca atención que le prestaba últimamente. Pero donde aún queda amor, la verdad, por cruda que sea, se puede comprender y aceptar. Después de todo, ese diálogo antagónico, cargado de razón por ambas partes, aunque haya surgido de forma tan abrupta, podría resultar en un viraje de ciento ochenta grados, necesario para un cambio positivo entre ellos. Y así fue.

Una vez terminado su coloquio, ella se levantó, fue al baño, se aseó y se puso regia para él. Olía a placer y deseo al mismo tiempo, lucía tan bella, encantadora y apetecible, como en sus primeras noches de luna de miel. Lo incitó con unos movimientos sensuales, atrevidos, invitadores, imposibles de ignorar. Él, la miró, cuando vio toda aquella cuna en movimiento, sintió un deleitable cosquilleo en todo su cuerpo, que se le despertó el bebé. Tembló de emoción, se le erizaron los pelos, casi perdió el sentido, pero las ansias de poseerla, lo impulsaron, a la fuerza, hacia la ducha. Como no encontró una tusa, usó una esponja de fregar, pero salió de aquel baño, que su piel brillaba tanto como la espalda de un caculo. Ambos muy bien vestidos, se veían y olían a limpio. Se miraron con deseo y se desearon con pasión extrema. Ella, en su delirio, le dijo; ataca tigre. Y él, emocionado, le contestó, aquí voy conejita. En cosa de treinta segundos, ya estaban desnudos, esa tarde la comida fue antropófaga.

LA MUDANZA

Tenía que llevar la mudanza en mi carreta, halada por la vaca pinta y el buey prieto, desde las parcelas de Betances, en Cabo Rojo, hasta el sector Maguayo en Lajas. Era temprano en la mañana, pero hacía un sol que ahogaba puercos y yo, que era gordito, casi me derretía. Durante toda la noche anterior había llovido para las montañas, y la quebrada de los Llanos estaba tan crecida, que se había llevado el puente. Me entretuve cortándome las uñas de los pies con los dientes en lo que el cauce bajaba, pero la corriente se hacía cada vez más fuerte. Temeroso a que siguiera aumentando y me arrastrara la carreta con todo y bueyes, los desenyugué. Entonces agarré la garrocha y la fui estirando hasta que quedó bien larga, pero del grueso de un lápiz. La coloqué de un extremo al otro de la quebrada para usarla como puente, y procedí a pasar.

Me eché la vaca pinta al hombro y balanceándome como en una cuerda floja, caminé por la débil garrocha hasta alcanzar la otra orilla. El buey prieto, aunque más pesado, lo crucé igual que a la vaca. La carreta la acomodé sobre mi cabeza y con los brazos abiertos para un mejor balance comencé a cruzar por el tambaleante improvisado puente. Pero parece que a la carreta, por lo impetuoso del cauce, le dio miedo y un tanto asustada comenzó a temblar. Sus ruedas empezaron a voltear al revés y eso me impedía el avanzar. Por fin, después de cuatro horas balanceándome sobre la débil garrocha, pude alcanzar el otro extremo. Cuando solté la carreta, mis rodillas castañeteaban como las castañuelas de Lola Flores y se cimbreaban como las protuberancias de aquella vedet de otros tiempos.

Volví a uncir la yunta, pero la carreta seguía tan nerviosa que la tuve que amarrar delante de los bueyes. Así pude continuar, con los bueyes empujando, hasta que llegué a orillas de la Laguna Cartagena. Allí se me creó otro problema, la Laguna estaba tan llena y el fango de las orillas tan blando, que la vaca pinta se hundió hasta el ñame, el buey prieto se espetó hasta el plátano y la carreta hasta el linguete. Con el agua hasta el cuello, le puse un anzuelo a la caña de pescar y arrojé el cordel con todas mis fuerzas hasta el otro extremo. Cuando el anzuelo se afianzó en los juncos del otro lado, monté los animales en la carreta, y la empujé dentro del agua hasta que comenzó a flotar. Poco a poco fui halando del cordel. Durante la travesía me fui apertrechando de algunos camarones y chopas y una que otra sanguijuela, hasta llegar sano y salvo al otro lado. Así pude continuar por el camino de la Guanábana hasta las parcelas de Maguayo

Cuando por fin llegué a mi destino, mi tío Armando me estaba esperando con una escupidera de caldo asado bien calientito, y cuatro cantos de bostezo frito. Me lo comí todo y me acosté a dormir.

TORPEDO HUMANO

El que oprime a una nación es enemigo de todas.
Alphonse de Lamartine

Isla Nena, Vieques. Eran las doce de la media noche y el sol brillaba como un diamante. La suave brisa tropical levantaba un oleaje de cincuenta pies de alto. Cicebuto González se deslizaba sobre su tabla a una velocidad tal que cuando la ola reventaba contra la arena de la playa lo elevaba por los aires y aterrizaba en Culebra. Luego nadaba de regreso a Vieques y volvía a comenzar.

En un momento de serenidad, cuando la brisa se detiene a tomar su habitual descanso y la mar se tranquiliza, escuchó el canto de una sirena, sabía que estaban allí y él quería verlas. Se zambulló de cabeza para estar con ellas. ¡Qué hermosas son y qué bonito cantan! ¡Y qué maravilloso y excitante se siente el roce de sus frías escamas! Entonces vio a una bien jovencita que lo miraba, y meneando la colita le sonreía. A una señal provocativa de ella, Cicebuto cerró los ojos, y a toda velocidad se lanzó a la conquista. Iba tan ligero que sin darse cuenta le pasó por el lado y chocó con algo durísimo.

Abrió los ojos y se encontró con la cabeza metida hasta los hombros en la quilla de un acorazado de la Marina de Guerra de los Estados Des unidores de Rompe América. En diez segundos el Portaaviones se fue a pique. Casi toda la tripulación tragó agua salada y pereció. Pero, ¿qué hacían allí esos abusadores? ¿Estarían pensando bombardear de nuevo a Vieques? Bueno, como no fue culpa de Cicebuto, no se preocupó, y comenzó a bracear tranquilamente en dirección a la playa. Cuando miró hacia atrás vio venir a

104

dos soldados en un botecito con remos de motor. Lo agarraron por el chichón, que ya medía dos pies de largo, lo montaron al bote y se lo llevaron bajo arresto.

Lo trasladaron hasta otro Portaaviones que se hallaba en el área, para interrogarlo. Como él sabe que su método de interrogación es a base de la tortura, empujó a los guardias a un lado y se lanzó de cabeza al agua. Allí comenzó la cacería humana más rigurosa en la historia de la implacable y terrorista Marina. Cientos de seres con cara de sapo, llamados hombres rana, se lanzaron a las profundidades a buscarlo. Lanchas de alta velocidad y aviones de combate acordonaron toda el área. Por más de diez horas estuvo el inocente Cicebuto, nadando bajo el agua, sin atreverse a emerger por temor a que los helicópteros de los invasores lo descubrieran. Así, sumergido todo el tiempo y respirando por los oídos, llegó a Playita Rosada en La Parguera. Cuando salió del agua, el chichón era tan largo que se dobló y se deslizó hacia el lado como si fuera un moco de pavo. Los bañistas lo miraban como el más reciente extraterrestre caído en Lajas. Se metió la punta del chichón en el bolsillo de la trusa y así llegó a su casa. Estaba tan cansado y adolorido, que durmió sin pausa por noventa días seguidos. Cuando despertó, se enteró por la prensa escrita de que un grupo terrorista, clandestino, llamado Los Torpedos, había hundido de un cabezazo a un acorazado Yankee.

EL MAESTRO

Toda guerra por la libertad es sagrada; toda guerra de opresión, es
maldita.
Jean Baptiste Lacordaire.

Godofredo no quería ir al ejército ni voluntario, ni obligatorio. Él era muy consciente de que, para defender a su país, su democracia y su libertad, no tenía que salir de Puerto Rico, porque el verdadero invasor y opresor estaba aquí mismo. Él quería ser maestro, como don Pedro, Hostos, Betances, esa clase de maestro. Esos eran los verdaderos soldados de la democracia, los verdaderos combatientes por la libertad. Los que ofrendaron sus vidas contra toda adversidad, en defensa de la patria.

Por eso cuando se llevaron a Toño, el de don Paco, Godofredo se indignó y lo lamentó, eran grandes amigos. Luego vinieron por Cacho, Tito, Josean y Tedy. Godo trató de persuadirlos, para que se revelaran y se negaran a ir; para que no se convirtieran en carne de cañón. Pero sus mentes estaban demasiado colonizadas, ellos querían pertenecer al ejército más poderoso del mundo.

A los tres meses, Toño regresó en un ataúd sellado. Lo habían enviado a Vietnam, a matar personas que no conocía, ni le habían hecho nada. Allá lo mataron por invasor y terrorista. Cacho, tuvo mejor suerte, lo regresaron con una pierna amputada más arriba de la rodilla. Tito y Josean, están por ahí, cogiendo los miserables beneficios de la pensión que escasamente les da para comer y recibiendo asistencia siquiátrica. Lo último que se supo de Tedy, fue una carta que le enviaron a su mamá, donde le indicaban que su hijo se había convertido en un desaparecido en acción.

Por eso cuando vinieron por Godofredo, éste se fue al monte. Él quería ser maestro, como Filiberto y Oscar.

VIETNAM, SIGUES PRESENTE

La guerra engulle a sus propios hijos y aquellos a quienes no devora
los deja en los huesos.
Enrique Sienkiewicz

Cuando Osvaldino regresó de Vietnam, las autoridades municipales y el pueblo entero lo recibieron como un héroe. Mientras era homenajeado en la plaza de su pueblo, Osvaldino parecía estar ausente. Su mente se encontraba, en ese momento, acordonada en una trinchera, con un crucifijo en sus manos, implorando que alguna fuerza divina lo sacara de aquel infierno donde la muerte parecía ser el único camino. Arrepentido de ser soldado, lloró y pidió piedad al infinito. Pero desde el infinito, ajena a toda súplica, la misericordia se recreaba con el estallido de las bombas y no veía ni sentía el sufrimiento de quienes imploraban.

Osvaldino, un poco alterado de la sesera, fue licenciado del ejército, condenado a deambular por las calles de su pueblo, como ejemplo de los estragos de la guerra inventada por un país poderoso contra los pueblos más humildes e indefensos. Recibiendo una mísera pensión y la lástima de los demás.

Mientras aquellos que no sabían distinguir entre un héroe y una víctima lo aplaudían y le gritaban loas, él quiso gritar y decirles que no era ningún héroe; que lo único que hiso en Vietnam fue llorar y huir como un niño asustado. Que los verdaderos héroes eran los soldados vietnamitas quienes sacaron con tesón y valentía a los intrusos invasores. Pero el miedo volvió a invadirlo y tristemente mantuvo silencio.

Aquella tarde de mayo, mientras Osvaldino caminaba por la calle, la lluvia amenazaba con hacer acto de presencia. En la distancia se podían ver los relámpagos y escuchar los lejanos truenos. El fuerte viento empujaba las nubes, de la montaña hacia el valle, presagiando una gran precipitación que no se hizo esperar. De pronto, como un cuchillo cortante, el zigzagueo de un ligero relámpago cortó el aire, seguido de un ensordecedor trueno. La reacción de Osvaldino, buscando protección, fue lanzarse al suelo. La cabeza hizo contacto con la acera causándole una enorme herida. Fue llevado al Centro de Diagnóstico y Tratamiento donde le realizaron una sutura de diecisiete puntos. Al preguntársele que le había ocurrido, con voz temblorosa, solo pudo pronunciar tres palabras; Vietnam, sigues presente.

Un mes después, todo parecía haber vuelto a la normalidad. Aquella noche en que Osvaldino bajaba por la cuesta de La Piquiña, no se veía una estrella en el cielo, el silencio era absoluto, la carretera estaba como boca de lobo. Las curvas, más amenazantes. En la mente de Osvaldino, le pareció ver la figura de un soldado enemigo en la distancia. Lleno de pánico, apagó las luces de su auto y pisó el acelerador.

A la mañana siguiente, las autoridades y un equipo de rescate, recuperaban del fondo del precipicio el automóvil y el cuerpo sin vida de Osvaldino. Vietnam, seguía presente.

LA NUEVA FUNERARIA

Por fin, nace una nueva funeraria en nuestro querido pueblo de Lajas. La Funeraria El Muerto Alegre. Esta ha sido creada con el propósito de acabar, de una vez y por todas, con los altos precios que nos brindan las ya existentes que, al no tener competencia, abusan desmedidamente de los deudos del descontinuado. Ahora hasta tienen sus propias floristerías, "donde, en los arreglos naturales, te cuelan algunas flores plásticas bien camuflageáditas" para acabar de pelarte el bolsillo. Y no creas que las donas, el cafecito y el chocolate es gratis, y que el queso de bola le llega rodando hasta sus puertas, para regalártelo, no señor, ni pensarlo, todo eso está incluido en el paquete. Las exequias fúnebres de los infortunados lajeños que piden ser enterrados son tan caras hoy día, que ya muchos prefieren lanzarse al mar y que los tiburones se los coman, antes que tener que pagar las cuantiosas sumas de dinero que todo ese proceso conlleva. Otros prefieren la cremación, así los que no van a la gloria, obtienen un adelanto de lo que les espera en las calderas del infierno. Pero ya no deben preocuparse, los que no tienen donde morirse, porque nosotros en la Funeraria El Muerto Alegre tenemos para tí los mejores precios y te garantizamos el mejor entierro de tu vida, o de tu muerte. Nosotros nos comprometemos a que bajarás al hoyo con una sonrisa de satisfacción en tu rostro. Aquí tenemos los mejores y más modernos ataúdes, suavecitos, mulliditos y bien perfumados, muchos de ellos con calefacción solar, por si te interesa. Ya no tendrás que estar para siempre en una tumba fría, con nuestro moderno sistema de calefacción electrónico te mantendremos calientito, sin correrte el riesgo de pescar un resfriado, en un lugar donde ningún médico podrá atenderte. Muérete y te convencerás. Queremos brindarle a nuestros muertos lajeños el derecho, orgullo y placer de morirse con una sonrisa de alegría y no con la mueca de dolor y angustia con que están muriendo actualmente. Tráenos el cuerpo exánime de lo queda de tu difunta abuelita, que aquí nuestro prodigioso sistema de rayos láser y nuestros expertos maquillistas te la dejarán sin una sola arruga, que parecerá que está viva y jovencita. También contamos con un moderno aparato de información que nos permite difundir la esquela en todos los periódicos de la nación, a página entera y a todo color, incluyendo radio y televisión, sin costo alguno para tí. El donativo al padre Pinto, por la despedida y el rosario en la iglesia, también va por nosotros. ¿Qué más puedes pedir? Entiende que lo que gastabas antes en comida, para la difunta Rosa, ahora lo utilizas, para pagar la fosa. El morirse hoy día es la peor pesadilla que pueda experimentar cualquier persona. Mientras estás vivo, no vales ni seis reales para los demás, pero tan pronto estiras la pata, los que no daban tres pesetas por tí, se tienen que ripiar del bolsillo cinco o seis mil machacantes para pagar tu entierro. Y estamos hablando de un entierrito simple y sencillo. Y si eso fuera lo único, no sería mucho problema. El caso es, que cuando estás a punto de dar el último pagaré, se te muere otro familiar y ahí vamos de nuevo. Las familias numerosas, nunca salen de esa deuda. Para añadir más a la situación, mientras tú te pasas rezando para que tu abuelita de noventa y cinco años no se te muera, el dueño de la funeraria, se pasa también rezando y prendiendo velas, para que se vaya pronto con los Panchos y poder seguir guisando con tu dolor y tus chavitos. Fíjate que la semana que no se muere nadie, es una semana mala para la funeraria. Vas a ver al dueño irritado y malhumorado. En cambio, cuando las tres capillas están ocupadas, el semblante del propietario es todo felicidad. Entonces te da el pésame con efusividad y hasta llora contigo. Tú lo ves todo triste, atribulado, compungido y piensas que sufre y padece tanto como tú, pero, pana, te está tomando el pelo. Date cuenta de que de eso es que él vive. No lo culpes, pero tampoco te dejes engañar. El pésame es sólo una forma de mostrar deferencia, pero nada más, los sentimientos genuinos son únicamente tuyos y de nadie más. Así que, amigo y compueblano lajeño, al momento de tu deceso, no te olvides de nosotros aquí en la Funeraria El Muerto Alegre. Nuestro trato es tan esmerado, que hasta el mismo difunto se dará cuenta. También es importante que tengas presente, al firmar el contrato, que la picadera y las flores "naturales" (por supuesto), son gratuitas. Piensa, entonces, cuando llegue el momento, a quién tú vas a elegir para que te dé el último paseíto por las calles de nuestro siempre querido pueblo de Lajas. Es importante que las transites con la seguridad, felicidad y tranquilidad, de que no dejaste a los familiares con la carga de la deuda de tu entierro. Además, si por alguna razón tuvieras dudas con nuestros precios, y encontraras una oferta mejor que la nuestra, tráenos la prueba y te la mejoraremos en un veinte por ciento, y hasta te regalamos un día de velorio, extra. Sin duda, serás el muerto más feliz y agradecido de todo Lajas. Muérete y te convencerás. Que tu último adiós, sea con nosotros. Nuestro lema es, SI QUIERES DESCANSAR COMO EN UN PESEBRE, QUE TE ENTIERREN LOS DEL MUERTO ALEGRE.

SIQUITRILLA Y SIMIÑOCO

La pertinaz y fría cellisca seguía cayendo. Simiñoco no aguantaba más el hambre, o se tiraba a la calle a buscar comida o se moría. Se deslizó por el pasadizo entre los ladrillos rotos de la vieja pared y se lanzó al zaguán.

A Siquitrilla, el hambre también la obligó a salir de su tibia madriguera en busca de comida. Aun con aquella congelante llovizna, la fuerza del hambre era superior al miedo a morir en la gélida noche.

Arriba en el segundo piso, la velada había terminado. Todos los invitados se habían marchado. Sobre la mesa quedaban los restos de la comida desechada que terminaría en el zafacón al día siguiente. Por la entreabierta ventana se escapaba un exquisito olor a queso roquefort que se deslizaba hasta el fondo del callejón. El agudo olfato de Simiñoco lo detectó, miró hacia arriba y supo de dónde provenía. Apoyándose entre las llagas de los ladrillos comenzó a trepar. Siquitrilla también pudo percibir el rico olor y al mirar hacia arriba notó que ya se la habían adelantado. Con el impulso que ocasiona el hambre, subió guiada por su olfato.

Casi simultáneamente los dos ratones se encontraron sobre la mesa donde un enorme pedazo de queso les daba la bienvenida. Ante tanto queso no se pelearon y comenzaron a comer desde puntos opuestos. Media hora después las puntas de sus hocicos se tocaron en el centro. El queso había desaparecido, es decir se había dividido y había cambiado de lugar. Buscaron agua para saciar su sed, pero solo encontraron copas a medio vaciar de vino tinto. Bebieron hasta acabarlo todo. Cuando ya de comer y beber estuvieron cansados, se miraron detenidamente a los ojos y se enamoraron. El flechazo fue tan abrumador, que juraron amarse por toda la vida.

A duras penas bajaron y comenzaron a caminar dando traspiés y zigzagueando por el zaguán. Sus cuerpos ya no sentían frío y bajo los efectos del vino todo lo que miraban les parecía pequeñito. De pronto se encontraron ante la presencia de Gatuno Garras, el amo y señor del callejón. Simiñoco, aturdido por el vino, lo miró y le dijo: "¡Escucha minino!, estamos tan enamorados que queremos unirnos en matrimonio esta misma noche. ¿Estarías dispuesto a casarnos?"

Gatuno crispó sus afiladas garras… y zas.

MARTÍN MARTINETE

Martín Martinete extraía la miel del hueco del árbol seco. Para su consumo diario, la almacenaba en una botella de cuello largo. Sin embargo, a pesar de que todas las noches dejaba su envase lleno, en las mañanas éste contenía solo la mitad o menos. Con la intención de averiguar lo que estaba pasando, en una noche de plenilunio se puso en vela. Al rato notó que un grupo de ratones, sigilosamente, entraba en su nido. Estos se encaramaban unos sobre otros hasta llegar a la boca del recipiente. El de arriba introducía su cola dentro de la botella, la sacaba llena de miel, la colgaba hacia abajo y los demás se la lamían. Así se turnaban hasta dejar la botella precisamente hasta donde la cola más larga alcanzaba.

A la mañana siguiente, Martín se introdujo en una ferretería y en un descuido del propietario se robó una ratonera de cantazo. Esa noche activó la trampa, y con la miel que quedaba en la botella cubrió el activador de la misma. Entonces, seguro de que el que se aventurara quedaría muerto, y los demás jamás regresarían, se acostó a dormir.

A la mañana siguiente, al levantarse, lo primero que hizo fue buscar la trampa donde, sin duda, encontraría el cadáver de un intruso ratón. Es entonces que se da cuenta de que la ratonera sigue activada, pero toda la miel había desaparecido. Asombrado ante la astucia de los ladrones roedores, se acercó a la trampa y se preguntó, -¿cómo es posible que se hayan podido robar la miel?-si al más leve toque aquí… Entonces con su pico, tocó el activador.

El resorte salió disparado, impactando de manera rápida y precisa el pescuezo de Martín Martinete.

OJO POR OJO

La hermosa paloma collarina, ante el temor de la muerte, se remontó a las alturas hasta posarse sobre una nube. El cazador estiró su resortera hasta donde le dieron sus fuerzas. Apuntó con toda la debida calma. Cuando creyó tenerla en la mirilla de su ojo derecho, soltó el disparo. El proyectil consistía en una pequeña piedrecilla de río del tamaño de una canica, que se elevó surcando el aire, acortando la distancia. Segundos más tarde, dio en el blanco. El avecilla se precipitó al vacío cayendo de forma espiral, como la flor del roble arrancada por el viento. A medida que la paloma descendía, el cazador, ante su propio asombro, ascendía. Tan pronto la paloma tocó el suelo, el cazador quedó postrado sobre la misma nube.

El ave, aún con vida, con las pocas fuerzas que le quedaban, agarró la honda y apuntó al cazador. El disparo fue certero y el hombre se vino abajo. Mientras el hombre descendía, el alma de la paloma se elevaba. Subió y subió hasta llegar a un lugar llamado El Paraíso. Al impacto con la tierra, el alma del cazador se desprendió del cuerpo y comenzó a descender. Por cada metro que bajaba, la temperatura aumentaba un grado.

¿QUÉ, CÓMO?

Aquella mañana, Lautardo caminaba monte adentro, y en un abra del bosque encontró a un cerdito amarrado a una estaca. Aunque escuchó voces no muy lejos del lugar, al no ver a nadie, arrancó la estaca y se lo llevó. En su casa le hizo un corral y lo encerró. Le tomó tanto cariño, que lo llamó Chinito, y paulatinamente lo enseñó a hablar. Cada vez que Lautardo se afeitaba, Chinito lo miraba y le decía lo suave y terso que se veía su cutis y que él quería verse así, que por favor lo afeitara. Al día siguiente Lautardo buscó la crema de afeitar y la navaja y se dispuso a pelar a Chinito quien un tanto entusiasmado emitía chillidos de alegría. La mamá de Lautardo se da cuenta y le pregunta;

-¿Qué vas a hacer?

-¡Voy a afeitarlo! contestó Lautardo.

-Primero tienes que matarlo, y sacarle las tripas, argumentó ella. -Claro hijo-, no lo puedes pelar antes de meterle cuchilla.

-¿Qué, Cómo?- exclamó Chinito. Y sin pensarlo mucho emprendió veloz carrera internándose en el monte. Penetró tanto sierra adentro que se convirtió en cimarrón.

GRILLO RATÓN Y LOS LEONES

> Los grandes peligros crean los recursos,
> o mejor, los hacen descubrir.
> Joseph Freiherr Von Hubner

Había una vez y dos son tres y tres son seis y cuatro diez, cuando Grillo Ratón, con orejas de conejo, patas de cangrejo y cara de sapo, se fue de casería al continente africano de Puerto Rico en Lajas. Se encontraba caminando a orillas del Río Seco de Piedras Blancas, donde los cocodrilos y los caimanes adultos se esconden para que los pajaritos no se los coman. De pronto se escuchó un rugido, era un enorme león hambriento que se acercaba a Grillo Ratón con ganas de comérselo. Asustado, Grillo Ratón se detuvo viendo como dos leones caminaban hacia él. Trató de huir, pero tres leones comenzaron a rodearlo. Los cuatro leones se acercaban cada vez más y Grillo Ratón, desesperado, veía como cinco leones, relamiéndose, llegaban hasta él. Sin tener hacia dónde huir, Grillo Ratón se aprestó a luchar contra seis leones. Sacó el cuchillo para defenderse de siete leones, que cada vez tenían más hambre. Pero ocho leones ya lo tenían rodeado. Soltó el cuchillo y agarró el revólver para matar a nueve leones. Diez feroces felinos se le lanzaron encima. Grillo Ratón comenzó a disparar contra once leones. Cuando creyó que todo estaba perdido, que doce leones se lo iban a comer, hizo acopio de valentía, emitió un enorme chillido ratonil, que aquellos trece mininos, asustados, huyeron despavoridos en todas direcciones. Así fue como Grillo Ratón con orejas de conejo, patas de cangrejo y cara de sapo, se salvó de ser el almuerzo de catorce gatos salvajes. Menos mal que sólo eran quince, porque si llegan a ser dieciséis, quien sabe lo que habría pasado.

¡TÍRATE AHORA!

La lluvia caía copiosamente aquella mañana de mayo, cuando la brigada de recoger los pavos se presentó al enorme corral. Cientos de pavos deambulaban por todo aquel pestilente fanguero. Había que atrapar ochocientos y meterlos al camión jaula, para llevarlos al matadero.

Arnulfo, que pesaba escasamente setenta libras mojadas, se lanzó al resbaladizo lodazal y después de mucho patinar pudo agarrar al más grande. El pavo estaba tan asustado que comenzó a aletear hasta que logró levantar vuelo con Arnulfo afianzado a sus patas. Cuando Arnulfo se vio por los aires, cerró los ojos y se encomendó a la suerte. Cuando el pavo estaba sobrevolando el edificio de cinco pisos, alguien desde abajo le gritó que se tirara. El hombre se dejó caer a solo pulgadas del techo. Pensando que había caído en tierra firme, despavorido con sus ojos aun cerrados arrancó a correr.

UN LOBO ANDA SUELTO

En plena luz del día, en penumbras, o en una noche oscura. Sin que medie el manto que oculta las sombras, ni la luz que ilumina las almas. En el más apacible momento, o en la más borrascosa de las tormentas, un lobo anda suelto por nuestros dominios. Su lúgubre aullido es tan horrendo, como un alarido de terror. Con su risa de hiena carroñera, adormece a sus víctimas. Oculto entre las sombras de su maquiavélica mente, el animal anda al acecho. Presto para atacar a las inocentes almas que crucen a su paso. Primero juega con su presa como hace el gato con el tímido ratón. Luego, con el hábil salto de un gato montés y sus afilados colmillos vampíricos, lanza la mordida, no al cuello del infortunado, sino al bolsillo. Es tan listo que, para pasar desapercibido, se viste de oveja.

LOCO DE AMOR

El arrollador siniestro devoraba con su voraz apetito las débiles y vetustas paredes de la casa. Era un incendio de desastrosas proporciones que, avivado por el constante viento, levantaba las enormes llamas que crepitaban con un ensordecedor y horroroso trepidar.

Ignacio saltó del camión de bomberos y al pararse frente a la incendiada residencia un frío como de muerte le estremeció todo el cuerpo. La voz que clamaba ayuda dentro de la casa era sin duda la de Hortensia. Era una voz tan singular que Ignacio la reconocería entre un millón. Entonces recordó la nefasta noche cuando regresó de su trabajo y encontró sobre la mesa, la carta donde ella le decía que se marchaba, que ya no lo quería y se iba con otro. Aquella noche, todo su cuerpo también se le paralizó. Sintió que la cordura también lo abandonaba y por meses anduvo deambulando sin poder coordinar sus pensamientos. Hasta que poco a poco, fue recobrando el sentido y pudo volver a la normalidad, pero siempre pensando en ella y amándola con mayor intensidad.

No encontraba, en ningún rincón de su mente, ninguna razón por la que ella hubiera dejado de quererlo, y menos, motivo para abandonarlo. Por un tiempo pensó en buscarlos y matar a ambos. Pero según pasaban los días, la razón y el inmenso amor que sentía por ella lo fueron calmando. Entonces quería encontrarla para pedirle perdón, si en algo le había fallado, y decirle que nunca había dejado de amarla, y que las puertas de su casa estaban abiertas de par en par, para que regresara cuando quisiera.

Y con la sagrada esperanza de volver a verla, se mantenía viviendo.

La enorme intensidad del siniestro no permitía que nadie se acercara. Con su voracidad, el fuego apagó la voz de Hortensia. Ahora, solo un crepitar chasquido se escuchaba. Ignacio se despojó de su atuendo de bombero, y con paso firme y decidido caminó hacia las destructoras llamas en busca de su amada Hortensia. Mientras, en su mente, la razón daba su último palpitar.

TRAICIÓN

La muerte, con aquel aspecto horripilante y harapiento, y el frío inmisericorde que la caracteriza, caminaba a paso firme directamente hacia Clodomiro. Los ojos de ambos, se encontraron en una mirada fugaz, y este comprendió que su momento final había llegado. Un temblor paralizante recorría la espina dorsal del infortunado. Cada paso de la parca era una fracción de segundos de vida que le restaba. Ante la inminencia de morir, Clodomiro cerró los ojos, crispó sus puños y apretó sus mandíbulas. Aguantó la respiración tratando de impedir inhalar su último suspiro de vida, al mismo tiempo que pensaba que ya la suerte estaba echada. Entonces sintió en su hombro, el leve roce de la muerte al pasarle por el lado. Aquel dejo de dolor y angustia que lo atormentaba se disipó instantáneamente. Sin duda comprendió que él no era la víctima. La sangre le volvió a fluir arrastrando un torrente de vida por sus venas. Una nueva sonrisa se dibujó en su rostro. Abrió los ojos, estiró sus brazos y miró hacia arriba para dar gracias, …cuando sintió el brutal ataque por la espalda.

Este cuento obtuvo el primer premio en el certamen de microrelatos celebrado en la República Dominicana en el año 2014.

DIGNIDAD

Quien se aprecia en algo, no debe tener en poco a los demás.

Johann Wolfgang von Goethe

Cuando por la desequilibrada y maquiavélica mente de la descalabrada Antofagasta Tragaldabas, cruzó la idea de que aquellos amigos de la otra orilla supuestamente la habían traicionado, herida en su amor propio, "indignada" - porque con la "dignidad" de Antofagasta nadie juega- les canceló toda posibilidad de reconciliación, -y sin considerar los pedidos de los demás afectados sobre un diálogo conciliatorio, -ésta les declaró la guerra.

Para ello, reclutó a un grupo de sus más allegados e incondicionales amigos y los lanzó a la batalla. Enarbolando la bandera por la "dignidad" de Antofagasta, sus fieles soldados, a costa de sus propios bolsillos, se lanzaron a la escaramuza, pero sucumbieron en el intento.

Ahora esa misma "dignidad" por la cual se formó el chochete, no le sirve a Antofagasta Tragaldabas, para resarcirle los daños causados a sus queridos hermanos, a quienes sacrificó por ella y sigue utilizando a los demás como si nada hubiera pasado.

EL SÁTIRO

En sujetos enfermizos nunca los males huyen, sino anídanse.

Francisco De Quevedo

A orillas del monte, el hombre al otro lado de la verja, agazapado como ladrón al acecho, esperaba pacientemente detrás del árbol. No faltaba mucho para que el otro se marchara a su trabajo nocturno, por lo tanto, él esperaría hasta el momento oportuno. Bien valía la pena esperar; tratándose de poder observar las blancas, hermosas y voluptuosas carnes de ella a través de las entornadas celosías.

En ese momento todas las luces estaban apagadas. Dada la densa obscuridad, él se creía protegido mientras aguardaba, sin percatarse que, por la ventana, el matrimonio podía notar la lumbre del cigarrillo encendido a orillas del monte.

Hacía ya unas cuantas noches, que luego de que Ulises se despidiera de su esposa –para marcharse a su labor de guardia de seguridad- alguien rondaba la casa. Ella, preocupada ante el temor de que algo grave pudiera pasar, se lo había dicho a su marido.

Momentos antes de llegar el intruso, Ulises había puesto la escalera de madera hasta el borde del techo, al lado opuesto del monte, y había subido la estufa de gas kerosene. La escena estaba preparada. Solo faltaba la presencia del sátiro intruso, que, amparándose en las sombras de la noche, aprovechaba la privacidad de una mujer sola para satisfacer sus sucios deseos lascivos.

Minutos después, las luces se encendieron y el hombre al otro lado pudo notar que el marido se despedía. Su momento había llegado. Ahora, mientras Petronila recostada en su cama se entretenía leyendo, él se acercaría como en las noches anteriores a observarla.

Las demás luces se apagaron, solamente el aposento quedó a media luz. El momento ansiado por el intruso había llegado. Ver a aquella mujer sensual de ojos de fuego, labios ardientes, senos excitantes, caderas redondas y cabello de azabache, era el anhelo de cualquier mortal. Entonces el atrevido sátiro saltó la verja, se acercó, y se asomó por la ventana.

Mientras él se divertía contemplando a la señora en paños menores, el marido sigilosamente subió la escalera y puso su equipo a funcionar.

Quizás en el instante más emocionante para el enfermito, un agobiante alarido retumbó en la noche. El aceite hirviendo le corría por todo el cuerpo.

PERDIÓ GANANDO

Héctor iba corriendo para acomodarse en la fila del comedor escolar, para almorzar. Con la velocidad que llevaba tumbó a Ramoncito, quien ya se encontraba en la fila. Aunque fue un accidente, todos los demás muchachos comenzaron a reírse y a agitar a Ramoncito. Ante tanta presión, el muchacho le cayó encima a Héctor, éste salió huyendo. Los demás siguieron agitando y Ramoncito, como se sentía un héroe, lo persiguió y lo alcanzó. Lo tumbó, se le sentó en el pecho y siguió pegándole. Héctor en su desesperación se le salió de abajo y volvió a correr. Se escondió en la tienda del tío y el otro hasta allá fue a buscarlo. Cuando el tío se enteró de lo que estaba pasando, agarró al sobrino por el cuello, lo puso en la calle y lo obligo a pelear. Héctor, ante dos miedos, se le fue arriba a Ramoncito que si no se lo quitan no le deja un hueso sano. Ramoncito, derrotado y adolorido emprendió la retirada. Uno de los mismos que tanto lo había agitado para que siguiera peleando, se le acercó y le dijo; ¡so pendejo, para qué lo seguiste, si ya le habías ganado!

EL CÓMPLICE

El asalto fue sorpresivo, como siempre, a la entrada del callejón. Antes de que Domitilo pudiera reaccionar, ya le habían quitado la cartera con trescientos dólares y corrieron alejándose del lugar. Pero Domitilo no quiso darse por vencido, y arrancó a perseguir a sus asaltantes. Cuando ya les estaba dando alcance, apareció un policía que lo interceptó. Lo obligó a detenerse y le exigió explicaciones. Luego de enterado, le dijo que tan pronto los pillos llegaran a un paraje solitario, se detendrían, lo esperarían y lo matarían, que su vida valía mucho más y no había razón para arriesgarla por tan poco dinero. Que se olvidara del asunto. Ante el sabio consejo del oficial, Domitilo desistió y se retiró, pensando que posiblemente el guardia le había salvado la vida. Al anochecer, el policía se llegó hasta el fondo del callejón donde sus amigos lo estaban esperando. Le dieron sus cien dólares como parte del acuerdo y se despidieron hasta la fechoría del día siguiente.

PENSAR CON RAPIDEZ

El policía se encontraba medio-oculto detrás de la patrulla. De pronto salió corriendo al medio de la calle y le ordenó a Polito que se estacionara. De acuerdo al radar, el muchacho iba a cuarenta millas por hora en una zona de veinticinco. Frente a él había un carro detenido y otro oficial le estaba expidiendo un boleto al otro conductor. Al ser confrontado por el guardia, Polito, muy cortésmente, le dio la razón al policía. Al mismo tiempo le explicaba que se dirigía al mismo lugar al que iba la persona que estaba siendo denunciada al frente. Y que le estaba sirviendo de guía, porque él no conocía el sitio hacia donde se dirigía.

Todo sucedió en el semáforo anterior donde el primer carro pasó la luz, pero a Polito no le dio tiempo. El del frente no se percató y continuó. Una vez que cambió la luz Polito trató de alcanzarlo, pero… Le dio disculpas al guardia y le dijo que cumpliera con la ley y le diera el boleto y que por favor le indicara cómo llegar, para no tener que seguir al otro. Todo encajaba tan perfecto, que el oficial le dio las indicaciones y lo dejó ir sin darle el boleto. Polito, al marcharse, miró al otro sujeto que doblaba la denuncia y se la echaba al bolsillo. No sabía quién era, nunca antes lo había visto.

PA-PA-PA

Fue en una tarde de lluvia pertinaz cuando su amigo Próculo Casiano le trajo el chisme. Al recibir la noticia, Cleotildo tembló de emoción, de angustia; de esa angustia que le corroe el alma a un hombre bueno, trabajador, que se desvive por el bienestar de su familia. -Hombre de honra a carta cabal, justa y sincera-. Un sudor frío le recorrió todo el cuerpo. Era imposible creer lo que estaba escuchando. Enterado ya, se puso en vela. Días después cuando el velo del crepúsculo arropaba el monte, y las sombras se desvanecían, su amigo Berdanio, sigilosamente, le hacía la visita cerrando la puerta a sus espaldas.

Confirmadas sus dudas, Cleotildo se decidió a lavar su honra. Irritado pero decidido, con paso incierto, se acercó. Sin hacer ruido abrió la puerta y entró. Un cirio encendido iluminando la sala, descansaba sobre la mesita. Su hijito de un año, acostado sobre una colchoneta, al verlo entrar, moviendo sus piernecitas como quien pedalea una bicicleta, le brindó una sonrisa y le abrió sus brazos. El padre, emocionado, se arrodilló frente al niño, lo levantó y le besó la frente. Lo devolvió a la colchoneta y se levantó. El niño lo miraba sonriente.

Cleotildo sudaba frío, parecía que iba a desmayarse. Haciendo acopio de valor, pero con un pequeño temblor, sin hacer el más leve ruido, empujó la puerta y penetró al aposento. Atemperó su vista a la oscuridad y pudo detectar los dos cuerpos sobre la cama. Por un momento, el hombre titubeó. Llevó su mano a la cintura, y extrajo el puñal, lo levantó y se dispuso a terminar el feo agravio. Con el cuchillo en alto, listo para el asalto, escuchó cuando su hijito desde la sala dijo, por primera vez: pa-pa-pa. Esas palabras pronunciadas por el niño, fueron el garfio que detuvo el silencioso vuelo en picada del puñal, evitando una desgracia mayor. Un hilo de frío le recorrió el cuerpo. Devolvió el arma a su cintura y retrocedió. En la sala tomó al alegre niño en sus brazos, lo apretó contra su cuerpo, y con sus labios mojados con lágrimas de ternura, le estampó un beso en la mejilla. Puso al pequeñín en la colchoneta, dio media vuelta y con paso aun tembloroso, se tiró al camino.

BODA FRUSTRADA

Después de cinco años de ardua labor en Estados Unidos, por fin Remidgio había acumulado lo suficiente para regresar a Lajas y casarse con Jovita. La boda estaba pactada para el mismo día que él llegara. En el sector El Tokío todo era algarabía. Por fin el sueño de ambos estaba por cumplirse. Según él, Jovita fue la novia que Dios le eligió para esposa y esa noche fue la que el Señor escogió para su santa unión. Nada podía fallarle, todo estaba destinado, planificado, organizado y dirigido por el ser supremo.

Abordó su vuelo a la 1:15 PM pensando que tan pronto arribara a San Juan, ya su hermano lo estaría esperando, de allí partirían inmediatamente hacia la Iglesia Cristiana de Adoración. A mitad de vuelo sonó el celular de Remidgio, era Jovita que llena de júbilo le imploraba que avanzara lo más que pudiera, por las inmensas ansias que tenía de estar con él. Él, muy emocionado, le contestó que no se preocupara, que él se sentía igual. Que si el avión no avanzaba, se le metía en la cabina al piloto, lo agarraba por el pescuezo y lo hacía aterrizar en el mismo Tokío. La señora sentada a su lado, que aparentaba dormir, se levantó con el pretexto de ir al excusado. Se dirigió a la estación de las aeromozas y contó la historia a su manera. Tan pronto Remidgio salió del avión, una docena de agentes de seguridad se le abalanzó encima, le pusieron grilletes en pies y manos y se lo llevaron.

AMISTAD SINCERA

La estrecha y sincera amistad entre Juan y Carlos no admitía distanciamiento alguno. Por eso antes de que rumores incorrectos y mal intencionados se asperjaran en el vecindario, Carlos quería hablar con su amigo. Le contaría su situación y le pediría ayuda. Sin duda, Carlos era un hombre hecho y derecho, con profundos sentimientos, como cualquiera otro, pero también con responsabilidades como muy pocos.

Hay momentos y situaciones en la vida de un hombre, que le hacen difícil el poder controlar sus impulsos y emociones. Por eso quería hablar con Juan, tenía que salvar esa amistad tan bien cultivada por tantos años. ¿Pero, cómo decirle sin ofenderlo, que su esposa Carmen, diariamente se pasaba hostigándolo con insinuaciones y acercamientos sexuales?

LA ÚLTIMA NOCHE

Hacía unos cuantos días que don Epruciano venía experimentando un pequeño malestar que le producía cansancio, agotamiento. Esa noche, como presintiendo un desenlace fatal, le dio un fuerte abrazo a su esposa y se fue a la cama más temprano de lo acostumbrado. Doña Josefa, al encontrarse sola, apagó el quinqué y también se acostó. A las cinco en punto, como siempre, el gallo cantó. Era el reloj despertador de doña Josefa.

Ésta se levantó, encendió el quinqué y se dirigió a la cocina. De una lata sellada extrajo un puñado de granos de café tostados y con el molinillo en su falda los molió. Preparó dos tazas de café bien cargadito. El aroma a café fresco, recién colado, inundó toda la casa. Minutos después se escuchó el aleteo y el quiquiriquí del gallo. Las gallinas en bandada se lanzaron al patio. Era el momento que a don Epruciano le tocaba levantarse, pero no fue así. Ella decide llevarle el café a la cama, lo llama y él no responde. Pensando que podía tener fiebre, la pasa el dorso de su mano por la frente y lo sintió frío. El frío que acompaña al cuerpo, cuando el calor de la vida lo abandona. Asustada, con sus dedos crispados, le apretó el hombro y trató de moverlo, pero el cuerpo estaba totalmente rígido, inerte.

AL DÍA SIGUIENTE

A la madrugada siguiente del entierro de don Epruciano, el gallo cantó en la enramada. Otro gallo en la distancia le hizo coro. Doña Josefa, como de costumbre, se levantó. Encendió el quinqué y se dirigió a la cocina a su faena habitual. Extrajo los granos de café tostado de la lata y procedió a molerlos. Confeccionó las dos acostumbradas tasas del aromático, cargadito y bien calientito café puertorriqueño. En eso se escucha nuevamente el cantío del gallo y toda una orquesta de alas se lanzó al patio. Doña Josefa, con una taza de café en cada mano se dirige al aposento. Con su hombro empujó la puerta, entró y llamó a don Epruciano. Al no recibir respuesta, atemperó la vista a trasluz y vio la cama vacía. Es entonces que cae en tiempo y se da cuenta. Un gemido de dolor le inundó el corazón. Envuelta en su amarga tristeza cayó de rodillas y un mar de llanto le inundó el alma.

SE FUE CON ÉL

Ante la pérdida de don Epruciano, doña Josefa no era la misma, se sentía triste, agobiada. Aún no podía entender cómo, de la noche a la mañana, la vida le arrancaba la mitad de su ser. Las cosas ya no eran igual. A pesar de tener familia que la quería y apoyaba, faltaba el viejo. Tantos años juntos compartiendo los buenos y malos momentos. Don Epruciano siempre fue atento, cariñoso, trabajador, buen compañero, pero ya no estaba, no, no estaba. Y su ausencia se hacía sentir en el alma de doña Josefa. El sólo pensar que ya más nunca volvería a estar con él, le desgarraba el corazón.

Esa noche se acostó pensando, que sí él no podía volver con ella, entonces ella se iría con él. A la hora de levantarse, la luz del quinqué no se vio moverse del aposento a la cocina a través de las rendijas de la pared de madera de la casa. El silencio era el amo absoluto del lugar y del momento, interrumpido ocasionalmente por los leves gemidos del perro. Las gallinas, en solemne procesión, se lanzaron del árbol una a una. Esa madrugada el gallo no cantó, no tenía a quien despertar.

EL TALLERISTA

El hombre llegó y dio los buenos días, luego se presentó como nuestro maestro de poesía y narrativa. Pero aquel caballero, a decir verdad, no parecía un maestro de literatura. Más bien se me pareció a Tuto el fogonero, aquel flaco, prieto y todo derrengado, que atisbaba la caldera de la máquina cuarenta y tres. Aquélla que rumiaba y disparaba volutas de humo a medida que acortaba la distancia entre el culminante y la estación del pueblo. No estaba ni vestido como yo pensé que un maestro de arte debía vestirse. Daba la impresión que venía huyendo de la plancha. Aquel mahón raído, estrujado y las medias a rayas de todos colores simulando un arco iris, y una camiseta que parecía estar enojada con la lavadora. Me dio la impresión que aquella mañana estábamos ante el prototipo de un lumpen en busca de una limosna.

Al comienzo de su disertación por sus alegres movimientos saltarines y su libre y agradable expresión se me pareció a un mimiquero de teatro o a un payaso de circo rodante.

A medida que fue pasando la mañana y el hombre fue desarrollando su taller, su seguridad y firmeza en su expresión, fue trocando la primera impresión que yo erróneamente me había forjado del maestro tallerista.

EL CAMBIO

Esa noche, frente a la casa de don Cundo, casi en la esquina de las calles Segunda y Elm, en Camden, New Jersey, se encontraban unos cuantos boricuas vecinos, jugando dóminos y dándose la cervecita, mientras escuchaban las incidencias del partido de béisbol entre los Phillies y los Metz. Josefo Pérez, muchacho adolescente de reputación atrevida, se acercó, dio las buenas noches, pidió una cerveza y se la dieron. Miró hacia el lado, y vio el radio puesto sobre el borde de la ventana abierta. Era un radio grande, moderno muy bonito, le gustó, lo evaluó, le interesó, se despidió y se marchó.

En algún lugar más adelante, Josefo, con su manera atrevida de hacer las cosas, logró apoderarse de un pequeño radio de transistores de esos de bolsillo, pequeñitos, que hasta le faltaba la tapa donde se le ponían las baterías, pero que sonaba muy bien. Se fue por detrás de la casa de don Cundo, saltó la verja y se metió a la ''yarda'', perdón, al patio. Subió al ''rufo'', digo, al techo de la cocina, por el árbol de cedro que quedaba pegado a la pared, abrió una de las ''windows'', quiero decir ventanas y se introdujo al interior. Bajó por las "stairways" es decir por las escaleras, caminó por el "hallway", o sea por el pasillo hasta la sala, prendió su radiecito, lo puso en la misma emisora que estaba trasmitiendo el juego, y se arrastró hasta la ventana.

Los otros estaban tan entretenidos poniendo fichas, que nadie notó cuando el cambio de radios se efectuó. Al terminarse el juego, don Cundo le pidió a su esposa doña Sica, que por favor apagara el radio y lo guardara.

EL CIEGO, EL SORDO Y EL MUDO

Había llovido torrencialmente, el fuerte correntío arrastró la tierra del camino dejando las piedras totalmente limpias. Abajo en el llano, un lodazal de cipey negrizco, sumamente resbaladizo, se había acumulado. Un martinete tratando de atrapar algún insecto se hallaba metido hasta el cuello en el fango. El pobre ciego bajaba la ladera, dando saltitos de piedra en piedra para no ensuciarse sus zapatos. Tanteando las piedras con la punta del bastón, y ayudado por su prodigioso sexto sentido, el ciego proseguía su camino.

Desde el balcón de la residencia, el mudo, sin salir de su asombro lo observaba. Veía con cuanta precisión en cada salto, el ciego caía sobre cada piedra, sin fallar una sola vez. El sordo que también observaba, esperaba y pensaba en qué pasaría en el momento en que se le acabaran las piedras.

Efectivamente, cuando el ciego no detectó más piedras con la punta del bastón, entendió que el área estaba despejada, y prosiguió el camino a paso normal. El mudo, en su desesperación, intentaba a todo pulmón de avisar al ciego del lodazal que lo esperaba, a unos pasos de distancia, pero por más fuerza que hacía, sus cuerdas vocales no emitían sonido alguno. El mudo trataba de gritar y hacía señas al sordo para que fuera a socorrerlo, pero el sordo no escuchaba, y en su embeleso, no entendía los gestos del mudo. Cuando por fin el sordo comprendió el mensaje del mudo, emitió un grito de aviso al ciego. Éste levantó la cabeza buscando la dirección de la voz, perdiendo el balance. Entonces vino la catástrofe.

MEDIDA DE SEGURIDAD

Allí va el viejo don Filomeno Zarabando, cabizbajo, apesadumbrado. Luego del doctor haberle diagnosticado el mal de Alzhéimer. Tratando de refrenar el olvido, el hombre ha querido cerciorarse de no extraviar la llave de su caja de caudales, donde guarda su pequeña fortuna.

Así que, para estar seguro de no perderla, la guardó dentro de la misma caja y le puso el cerrojo. Ahora sabe dónde la tiene, pero, ¿cómo abrirá la caja?

SENTIDO DE RESPONSABILIDAD

La actividad para elegir la nueva directiva comenzaba a las siete en punto de la noche. A las ocho Margarito salió del baño, a las y treinta se estaba peinando con la puya del güiro pues no hallaba la peinilla. Como no encontraba calzoncillos limpios, se puso las pantis de su mujer. Total, eso nadie lo ve ni le importa, aunque, a decir verdad, se sentía un tanto raro. La nidada como que no acomodaba bien. Se sentía demasiado suelta, muy al garete. Además, la tirita entre las gemelas no era de mucho agrado. Con el apuro de llegar a tiempo, creo que hasta el perfume de ella se puso, porque en el carro olía a travesti.

Eran las diez cuando arribó al comité, pero no había nadie. Por lo menos allí tenía que estar el encargado de abrir el local, encender las luces y poner los aires a funcionar, era su deber. Entonces pensó que se había equivocado de fecha o de lugar, pero no, todo estaba bien claro en su agenda. Esperó hasta las doce en punto de la media noche y nadie llegó. Ese fue su gran coraje. Se le hacía imposible bregar con gente tan irresponsable. Si sabían que tenían una reunión tan importante, ¿cómo es posible que nadie se presentara? Posiblemente ni llamaron para excusarse. Luego se les llama la atención, y se molestan, les da coraje, protestan.

Uno se sacrifica, da la vida si fuera necesario por el buen funcionamiento de la organización, y al momento de la verdad, la mayoría llega tarde, o se quedan en sus casas

Temprano al día siguiente, le envió una carta al presidente del club, presentándole su renuncia, y lo puso como chupa, porque él es el primer irresponsable, al no saber impartir disciplina en los demás socios.

EL HÁBITO NO HACE AL MONJE

A la edad de seis años, el niño Cipriano perdió la punta de su dedo meñique derecho, aplastado por la puerta de un automóvil. Así vivió, creció y estudió hasta que se hizo Sacerdote. Cura al fin, en su iglesia gozaba de muy buena reputación, deferencia y cariño.

Eneida, el día que cumplió sus quince años, en la verdadera flor de su juventud, fue a la misa de la noche. Pero al salir de la iglesia, en un paraje un poco oscuro, unas manos la agarraron por la espalda la golpearon y la lanzaron al suelo. Esa noche, lamentablemente, la muchacha fue violada. Aun con todas las adversidades y sin conocer al violador, la niña, como un acto de amor y ternura a la vida, quiso tener a la criatura. Cuando éste nació, la madre notó que le faltaba la punta de su dedo meñique derecho. Ese fue el dedo acusador. Ahora todo estaba claro para la inocente niña. Sin embargo, era la palabra de ella contra la de él. El día que lo llevó a bautizar, el cura le preguntó qué quien era el padre y cómo se llamaba el niño. Para asombro del sacerdote, Eneida le dijo que era hijo de la noche y de la iglesia, y que se llamaba Cipriano. El cura, tembloroso, bajó la vista.

Nota biográfica sobre el autor

Al preámbulo de una bella primavera, un veinticinco de marzo de 1945, en el sector Piedras Blancas del barrio Sabana Yeguas, en un bahareque con el piso de la cocina de tierra, y el resto del humilde bohío con su piso de tabla astilla, casi rasero con la tierra, asistido por la comadrona, Rosa Galarza "La Norsa" nació el autor de estos ramoneos: **Ramón Alameda Mercado**. El tercero de una prole de catorce hermanos. Fueron sus padres don Jesús María Alameda y doña Elba Mercado. Cursó sus estudios primarios en la Escuela, Segunda Unidad de Palmarejo, en Lajas de Puerto Rico. Antes de terminar su octavo grado, a la edad de trece años, cambió los libros por una azada y un machete y se lanzó al trabajo de la agricultura.

A los dieciocho años de edad, en 1963, enfiló su destino hacia los Estados Unidos de Norte América. A la Ciudad de Camden, al Sur del Estado de Nueva Jersey, donde trabajaba para subsistir. Diez años más tarde, el gusano de la nostalgia le mostró el camino de regreso. Ese mismo año ingresó en la escuela intermedia nocturna, Luis Muñoz Rivera de Lajas, y al año siguiente tomó el examen donde obtuvo su diploma de escuela superior.

Desde finales del 1973 hasta casi terminando el 1976 se desempeñó como voluntario, organizando comunidades con la organización V.E.S.P.R.A. Voluntarios En Servicio A Puerto Rico Asociado. De allí pasó a laborar en la empresa privada.

Veintitrés años después de haber obtenido su diploma de cuarto año, en 1997, en un último intento, ingresó en la Universidad Interamericana de San Germán, para dos años más tarde abandonar sus estudios. Sin embargo, estos altibajos académicos de Ramón, no fueron el obstáculo para detenerse. Siendo un ávido lector, ya a finales de la primera década el siglo veintiuno, Ramón se montó en el indomable potro de la literatura y comenzó a producir sus primeros trabajos literarios.

A la edad de sesenta y cuatro años produjo su primer cuento; más tarde, se unió al colectivo *El Sur visita al Sur* y en las *Antologías Abrazos del Sur* de los años 2012,13 y 14, publicó varios cuentos.

En el 2012 participó en los juegos florales celebrados en su pueblo natal, Lajas, donde se ganó el primer premio en poesía y el segundo en narrativa.

En el 2014 participó en el concurso de microcuentos "Las dos Orillas" auspiciado por El Ministerio de Cultura de la República Dominicana y el Sur visita al Sur de Puerto Rico donde obtuvo el primer premio, con su microrelato, "Traición".

Nuevamente, en el 2016, participó en los juegos florales de Lajas, obteniendo el primer premio, tanto en poesía como en cuento.

Cuentos de un chusco lajeño es su segundo libro luego de publicar, en el 2016, *Cantata a Lajas*. Y por lo que vemos, seguiremos viendo más publicaciones de este lajeño orgulloso de sus raíces.

GLOSARIO

Abra: Claro en un bosque.

Agila: Se toma o come con rapidez.

Bahareque: Bohío de techo cónico.

Bondo: Pegamento tipo yeso, para rellenar abolladuras en los autos.

Bostezo frito: Es solo un decir pueblerino.

Cachanchán: Alcahuete.

Cachimbo: Carro que humea mucho.

Chochete: Problema, enredo.

Chofito: Leve lavadito de cuerpo.

Cipey: Espacie de barro o tierra arcillosa.

Condolientes: Familiares o amigos del muerto.

Contrallao: Contrallado, maldito sinvergüenza.

Fotinguito: Carrito viejo.

Jiriguillasos: Darse unos tragos de ron.

Joyete: Ano.

Linguete: El eje de una carreta.

Mamisonga: Dama guapa y bien formada de cuerpo.

Manifica: Magnifica.

Maniguetazo: En el cuento quiero decir: rápido de carácter, que se agita con facilidad.

Mimiquero: Payaso o persona que hace mímicas.

Papisongo: Igual que mamisonga, pero masculino.

Pentonto: Combinación de pendejo y tonto.

Puchunguita: Forma cariñosa de llamar a la esposa.

Tallerista: Persona que da talleres de arte u otros temas.

Tipaza: Modelo ejemplar de mujer, o persona extraña y singular.

Zamacuco: Persona que, disimulando torpeza, hace su voluntad o lo que le conviene.

ÍNDICE

Dedicatoria   3
Prólogo   5
Agradecimiento   9
El muerto vivo   11
El milagro de Salomé   16
Tarde lluviosa   20
Cazador cazado   23
Un día cualquiera   26
Ni malo, ni bueno   31
Sabino y Baldomero   39
La recompensa   44
Eternamente juntos   49
El compay Simón   51
Polos opuestos   54
Cuchuco   58
El can salvador   61
Moncho Leña   64
Que salgan pronto   69
Movida deshonesta   72
La venganza   75
Mala nochebuena   78
La langosta   80
El último dinosaurio   82
Siempre regresan   85
El gusano   88
El futuro capataz   91
Desesperanza   96
Sinceridad matrimonial   98
La mudanza   102
Torpedo humano   104

El maestro	106
Vietnam, sigues presente	108
La nueva funeraria	110
Siquitrilla y Simiñoco	113
Martín Martinete	115
Ojo por ojo	116
¿Qué, cómo?	117
Grillo ratón y los leones	118
¡Tírate ahora!	120
Un lobo anda suelto	121
Loco de amor	122
Traición	124
Dignidad	125
El sátiro	126
Perdió ganando	128
El cómplice	129
Pensar con rapidez	130
Pa-pa-pa	131
Boda frustrada	133
Amistad sincera	134
La última noche	135
Al día siguiente	136
Se fue con él	137
El tallerista	138
El cambio	139
El ciego, el sordo y el mudo	140
Medida de seguridad	141
Sentido de responsabilidad	142
El hábito no hace al monje	143
Nota biográfica sobre el autor	144
Glosario	146

Made in the USA
Middletown, DE
14 October 2024

62612575R00084